KB114107

작곡가
최현일

작곡가 최현일 6

Dr.Dre 장편소설

초판 1쇄 찍은 날 § 2017년 3월 8일
초판 1쇄 펴낸 날 § 2017년 3월 15일

지은이 § Dr.Dre
펴낸이 § 서경석

편집책임 § 김슬기

펴낸곳 § 도서출판 청어람
등록번호 § 제387-1999-000006호
등록일자 § 1999. 5. 31
어람번호 § 제1-2648호

주소 § 경기도 부천시 부일로 483번길 40 서경B/D 3F (우) 14640
전화 § 032-656-4452 팩스 § 032-656-4453
http://www.chungeoram.com
E-mail § chungeorambook@daum.net

ISBN 979-11-04-91231-3 04810
ISBN 979-11-04-91056-2 (세트)

작곡가 최현일

FUSION FANTASTIC STORY

Dr.Dre 장편소설

6

도서출판 책어람

작곡가
최현일

CONTENTS

Chapter 1
잠깐

"말씀은 감사하지만, 그건 어렵겠습니다."

알렉스는 믿을 수 없다는 표정으로 물었다.

"어째섭니까?"

"물론 저도 미국으로 가고 싶습니다. 작곡가로서 빌보드를 정복하지 못하면, 음악을 정복하지 못한 거라고 생각해요. 하지만 한국에서도 작곡가로서 할 수 있는 일이 너무나도 많습니다. 아직 여기서 못 다한 것들이 너무 많아요."

"…그렇군요."

"네."

알렉스는 잠시 충격이라도 먹은 것처럼 손을 떨었다.

회사는 어떻게 하냐에 대한 문제 때문은 아니었다.

미국에 간다고 해서 무조건 성공한다는 보장이 있는 것도 아니고, 현일이 직접 말했듯이 해야만 하는 일이 있었다.

"그래도 혹시 마음이 바뀌면 언제든지 연락해 주세요."

"네, 언젠가 반드시 연락드리겠습니다."

*   *   *

"나 같으면 당장 짐 챙겼을 텐데."

피식 웃은 안시혁의 말이었다.

"저는 작곡가이지 기타리스트가 아니라고요."

"작곡가가 기타 치면 안 된다는 법이라도 있던가?"

"그런 건 아니지만, 기타리스트가 될 생각은 없어요."

"그래……."

자기 일이 아님에도 너무 아쉬워하는 안시혁이었다.

"저것까지 받았는데."

그가 기타 하나를 가리켰다.

현일이 그 기타의 줄을 튕기며 피식 웃었다.

"아마 평생 기억에 남을 선물이 될 것 같아요."

알렉스가 BCMC에 글을 올렸을 때, 그는 도움을 준 사람에게 선물을 주겠다고 했었다.

그 선물은 그가 실제로 방방곡곡 공연을 하면서 애용했었던 기타 중 하나였다.

원래는 지금 쓰지 않는 기타를 주려고 했지만, 그랜드 마스터를 알게 된 순간부터 그에게 자신이 가장 아끼는 기타를 주겠노라 다짐했다고 했었다.

친히 기타에 대문짝만 한 사인까지 해서 말이다.

'오른손잡이용이라서 쓸 일이 있을지는 모르겠지만.'

그래도 기념품으로의 가치는 매우 훌륭할 것이다.

물론 그럴 생각은 전혀 없지만, 당장 인터넷 경매 사이트에만 올려도 만 달러는 우습게 호가할 것이다.

"그럼 그랜드 마스터라는 아이디는 계속 비밀로 둘 거야?"

"아직은요."

BCMC에서 현일의 아이디는, 지금은 전혀 활동을 하지 않고 있음에도 여전히 뜨거운 화제였다.

하루에도 최소 백 번은 그랜드 마스터라는 아이디가 언급되고 있었고, 이제는 아예 추종자들까지 만들어진 상태였다.

언젠가 그가 세상에 모습을 드러낼 날만 손꼽아 기다리면서 말이다.

물론 언젠가는 알려질 날이 있겠지만, 지금은 아니었다.

"그럼 이제 뭐할 생각이야?"

"고민이네요."

"할 거 많다며?"

"그래서 뭐부터 할지 고민인 거예요. 형이 하나 추천해 주실

래요?"

그에 안시혁은 턱을 짚고 잠시 생각하더니 입을 열었다.

"그… 예전에 '가면 노래왕'에서 출연자들이 부를 노래 만들어달라고 요청 받았잖아. 그 프로그램 요새 되게 인기더라."

"아, 그거요? 재밌죠."

"근데 왜 안 했어?"

"보는 거랑 직접 참여하는 건 얘기가 다르니까요."

"하긴."

현일은 대충 둘러대었다.

사실 이유는 따로 있었다.

전생에서 그 프로그램은 현일도 자주 재밌게 봤었는데, 그게 문제라면 문제였다.

좋아하던 프로그램이었으니, 전생에서 현일에게 요청이 들어왔다면 당장에라도 달려 나갔겠지만 이제는 딱히 그럴 마음이 들지 않았다.

누가 노래왕에 등극하는지, 가면을 쓰고 있는 사람이 누구인지, 다는 아니더라도 대부분 알고 있으니 별로 재미가 없을 것 같기 때문이었다.

그래서 현생에선 관심두지 않고 있었던 프로그램이었다.

'그러고 보니 지금쯤이면 누가 노래왕을 하고 있더라?'

현일이 물었다.

"지금 '루시퍼'가 노래왕 맞죠?"

'악마왕 루시퍼'라는 별명을 달고, 저음에서 고음까지 매우 폭넓은 음역대를 구사하여 많은 팬들의 사랑을 받았던 가수였다.

"아니. 그 가수는 2주 전에 떨어졌잖아."

"네? 루시퍼가 십 주 연속으로 5 연승째 아니에요?"

"뭔 소리야? 루시퍼는 4연승하고 떨어졌다니까?"

"…엥?"

현일은 순간 자신이 잘못 알고 있었나 생각했지만, 이내 고개를 저었다.

'미래가 바뀌었구나!'

현일이 그 프로그램에 직접적으로 관여한 적은 없었다.

'그래도 내가 한 어떤 행동으로 바뀐 걸 텐데… 뭐지?'

좀 더 알아봐야겠다는 생각이 들었다.

"그럼 지금 누가 노래왕인데요?"

*　　　*　　　*

'천사 세라핌이라.'

현재 노래왕은 제1계급의 치품천사를 자처하고 있는 의문의 여성 가수였다.

새하얀 전신 복장과 어깻죽지에 달려있는 한 쌍의 날개, 그리고 머리 위 엔젤 링까지.

대충 인터넷 뉴스 기사로 확인해 본 그녀의 모습은 마치 악마왕 루시퍼의 안티테제인 듯한 모습이었다.

노골적으로 전대 노래왕을 겨냥하는 것만 같은 복장과 별명은 기필코 우승해서 노래왕을 차지하겠다는 의지의 표현인 모양이었다.

그러거나 말거나, 지금 중요한 건 어떻게, 왜 미래가 바뀌었느냐다.

'그리고 이 가수의 정체도.'

치품천사라고 하면 당장 떠오르는 여가수가 한 명 있기야 하지만, 그녀는 가면 노래왕에 출연한 적도, 본인에겐 미안하지만 출연할 실력도 부족하다.

어디까지나 가창력 하나로만 승부하는 곳이니까.

어쨌든 현일은 가면 노래왕의 캐스팅 디렉터와 접선하기 위해 스튜디오를 찾아갔다.

"반갑습니다. 캐스팅 디렉터, 권상원입니다."

"작곡가 최현일입니다."

둘은 인사하며 서로의 명함을 건넸다.

먼저 입을 뗀 건 권상원이었다.

"예전에 드렸던 제안은 아직도 유효합니다."

가면 노래왕 출연자들의 노래를 편곡할 때, 출연자들이 각자 원하는 작곡가, 편곡가에게 의뢰를 맡긴다.

그러나 따로 맡길 의향이 없다면 가면 노래왕에 캐스팅이

된 작곡가, 편곡가들이 알아서 편곡을 해주게 되어 있다.

지금 예정돼 있는 출연자들이 딱히 어딘가에 의뢰를 맡길 생각이 없었기에, 작곡가 인력이 한 명이라도 더 필요한 상황.

권상원은 자신의 권한으로 가능한 한 가장 좋은 조건을 제시하여 어떻게든 현일을 영입하리라 마음먹었다.

'여기선 일단 관심 있다는 걸 보여주는 게 좋겠지.'

어차피 바뀐 미래에 대해 알기 위해선 그 상황을 가까이서 지켜보는 게 가장 좋은 방법이니까.

"가면 노래왕의 편곡가들은 가수의 정체에 대해서 알고 있나요?"

"아뇨. 서로 친분이 있다면 모를까, 우리 측에선 몇몇 인물을 제외한 누구에게도 알려주지 않습니다. 심지어 담당 보컬 트레이너에게도요."

방송 중간중간 출연자가 혼자 연습을 하거나, 보컬 트레이너에게 조언을 받는 장면이 나오기도 하는데, 당연히 이때도 출연자는 가면을 쓰고 있다.

현일은 그냥 보여주기 용도일 줄로만 알았는데 철저하게 비밀을 지킨다는 건 의외였다.

'하긴, 정체를 아는 사람이 많아봐야 좋을 건 없으니까.'

물론 그래도 가수 특유의 발성이나 음색이란 게 있으니 우승자가 매주 노래를 부르면 결국 다 탄로 나는 건 어쩔 수 없지만.

'애초에 염치없이 세라핌 정체만 알아내고 갈 생각도 아니었고.'

현일이 뭐라 말을 하기도 전에 권상원이 입을 열었다.

"원하시면 작곡가님껜 알려드릴 수 있지요."

"하하하."

현일은 그의 말이 마냥 농담이 아님을 알았지만, 웃음으로 넘겼다.

대신 다른 궁금한 것을 물어보기로 했다.

"세라핌이라는 출연자는 원래 캐스팅하기로 했던 사람입니까?"

"아닙니다. 캐스팅 말고도 출연을 원하는 가수가 있으면 오디션 같은 것을 본 뒤에 결정하는데, 그 가수는 후자의 케이스죠."

'역시.'

현일이 고개를 끄덕였다.

"뭔가 짚이는 구석이 있으신가보군요?"

"왠지 친분이 있는 사람 같아서요."

현일이 이렇게 생각하는 것도 당연했다.

자신의 의지와는 상관없이 미래를 바꾼 사람이니 말이다.

*   *   *

가면 노래왕 스튜디오.

가면 노래왕에 고용된 작곡가들 중 최고의 대우를 약속받고 캐스팅 된 현일.

사실 조건이야 크게 신경 쓰고 온 건 아니었지만, 그렇게 해주겠다는데 마다할 이유는 없었다.

중요한 건 바뀐 미래에 대한 조사였으니까.

아직 가면 노래왕 측에서 현일에게 맡긴 커미션은 없었기에, 이번 주 방송 녹화는 스태프 석에 앉아 조용히 구경했다.

첫 번째 출연자는 새까만 가죽 자켓을 입고 가면 위에 큼지막한 금속 테두리의 선글라스를 끼고 있는 '폭주 라이더'였다.

'역시 잘 부르네.'

물론 정체는 이미 알고 있다.

이번 녹화에서는 다행히도 모두 예정된 출연자들이 나왔다.

'현장에서 직접 보니 얼핏 기억이 나네.'

1라운드에서 승리한 폭주 라이더.

처음부터 자신이야말로 강력한 우승 후보라는 것을 알리듯 뛰어난 가창력을 선보여 주었다.

그리고 그 우승 후보에 어울리는 실력답게 나중에 결승까지 올라간다.

컨셉과는 달리 지금은 사람들의 심금을 울리는 발라드를 부르고 있지만, 결승전에서는 자신의 진가를 드러낸다.

다른 의미로 심장을 울리는 강렬한 락 사운드.

고음을 매우 좋아하는 우리나라 사람을 매우 잘 만족시켜 주는, 3옥타브 솔부터 시까지의 음역을 아주 시원하게 질러주는 보컬리스트다.

'전생에는 결승전에서 졌지만, 이번엔 어떨까?'

기대를 가지고 무대를 지켜보고 있는데, 조연출 두 명이 현일에게 다가왔다.

"저기, 작곡가님."

"네?"

"혹시 믹서 같은 거 다룰 줄 아시나요?"

"네, 어느 정도는……. 왜 그러시죠?"

당연하지.

SH에서 굴러먹은 게 몇 년인데.

현일은 그렇게 생각했지만, 굳이 조연출에게 생색을 내고 싶지는 않았다.

녹화 중이라 그런지 PD가 직접 찾아오긴 힘든 모양이었다.

"저희 무대 담당 믹싱 엔지니어가 갑자기 몸이 아픈가 봐요. 지금 당장 가용할 수 있는 엔지니어가 없어서 그런데, 실례지만 조금만 도와주실 수 없을까요? 그냥 MR이랑 가수들 마이크 볼륨만 조절해 주시면 되는 간단한 작업이거든요."

"그러죠 뭐."

"저 살짝 궁금한 게 있는데 물어봐도 될까요?"

"네, 뭐든 물어보세요."

"있잖아요. 그……."

현일은 자리에서 일어나 조연출의 쉴 새 없는 질문 파도를 받아주며 길을 따라나섰다.

"쿨럭! 쿨럭! 쿨럭! 케헥……!"

작업실에 들어서니 금방이라도 실려 갈 것처럼 창백한 인상의 엔지니어가 있었다.

저렇게 안 좋아 보이는 몸을 이끌고 굳이 자기가 하겠다며 소리를 치는 걸 보니 자신이 맡은 일에 대한 책임감이 정말 대단하다고 생각될 정도였다.

결국 그가 기침을 하다가 각혈을 하고 나서야 스태프들의 손에 끌려 나왔다.

'이런 일이 있었던 건가?'

은근히 재밌을 것 같아서 별생각 없이 응했던 엔지니어링인데, 한 사람의 건강을 지켜줄 수 있게 되어 제법 흐뭇했다.

그가 끌려 나가면서 현일을 째려보며 '아무것도 건드리지 마!'라고 소리친 것만 빼면 말이다.

"그런데 왜 엔지니어가 한 명뿐인 거죠?"

"원래 두 명 더 있었는데, 두 분 다 휴가 가셨거든요."

"녹화 당일에요? 그것도 두 명이나?"

만약 지금처럼 남은 한 사람에게 무슨 일이 생기면, 그리고 대체할 사람도 없었으면 어쩌려고 그런 것일까.

현일이 없었다면 방금 전 그 엔지니어는 골병이 들었을지도 모르는 일이다.

"그러게요? 확실히 오늘 녹화는 엔지니어도 그렇고 출연자도 그렇고 좀 이상한 점이 있네요."

"예? 출연자가요?"

이 수다 떨기 좋아하는 조연출은 자신의 입이 방정인 것을 자책하며 황급히 몸을 돌렸다.

"아, PD님이 부르시네요. 그럼 전 이만… 수고하세요!"

"잠깐만요."

현일은 덥석 조연출의 손목을 붙잡았다.

"…예?"

"잠깐 그 이야기 좀 들려주시죠."

"무슨 이야기를요?"

"출연자가 이상하다고 하신 거요."

현일을 안내해 준 조연출은 짐짓 고민하더니 눈치를 보며 입을 열었다.

"그게… 사실은 출연자 중에 한 명이 음향 감독님을 찾아왔었거든요."

음향 감독이라면 방금 전에 병원으로 끌려간 그 엔지니어였다.

"그런데요?"

"자세한 얘기는 못 들었는데, 녹음된 음원이 어쩌구저쩌구했던 것 같아요. 그 이상은 저도 몰라요."

"그 출연자가 누구죠?"

"어린 공주예요. 정체는 모르고요."

"알았습니다. 그럼 가보세요."

"네, 수고하세요."

지금은 음향 감독이 바뀌어 현일이 기계에 적응하는 시간이 필요하기 때문에 무대에서는 진행자가 열심히 시간을 끌어주고 있었다.

현일은 출연자들이 선곡한 노래들의 리스트를 훑어보았다.

'녹음된 음원? 설마 보컬을 미리 녹음했다는 뜻은 아니겠지?'

만약 현일의 추측이 사실이라면, 답은 하나밖에 없다.

'립싱크?'

가면 노래왕은 당연한 거지만 가면을 쓰고 있으니 미리 보컬이 녹음된 음원을 스튜디오에서 틀어도 전혀 알아챌 수가 없다.

음향 기기를 만지는 사람을 제외하면.

현일은 '어린 공주'의 선곡 리스트를 찾아보았다.

'도시화, 세이 굿바이, 잠이 잘 오는 밤에… 여섯 키 업?'

보통 여자가 남자 가수의 노래를 부를 땐 네 키에서 다섯 키 정도를 올리는데, 어린 공주는 여섯 키나 올렸다.

현일은 과거의 기억을 되짚어보았다.

'어린 공주라면 은소연이야. 그 가수 그렇게까지는 못 부를 텐데?'

요즘은 아이돌 그룹의 편견을 벗기 위해 기획사에서 연습생 시절부터 갖은 보컬 트레이닝을 시키지만, 은소연이 이 노래를 커버할 정도는 아니었다.

플러스 여섯 키로는.

특히 일대일 대결 첫 번째 곡인 도시화.

이 노래는 후반부의 하이라이트 부분에서 최고음이 3옥타브 도였다.

여기서 여섯 키를 올리면 3옥타브 파#이 된다.

물론 여성의 음역대로 충분히 커버할 수 있는 범위이지만, 이 노래는 올라가는 게 문제가 아니라, 이 고음역대의 파트를 약 10초 동안 단 한 번의 호흡만으로 소화해야 하기 때문에 상당한 고난도를 자랑하는 곡이었다.

'에이, 설마……'

설마 립싱크… 아니, 가면 싱크일까라는 생각이 들었지만, 현일의 손은 이미 헤드셋을 쓰고 재생을 시작하고 있었다.

초중반은 이상한 점 없이 깨끗한 MR이 흘러나왔다.

문제는 난이도가 높아지는 후반부에 있었다.

─날려~ 가아아~

하이라이트 파트가 미리 녹음이 되어 있었다.

'이걸 스태프한테 말해야 되나?'

이런저런 생각을 하며 고민하고 있을 때, 누군가 문을 두드렸다.

"감독님?"

어린 공주의 목소리였다.

"들어오세요."

그녀는 음향 감독이 임시로 대체되었다는 이야기를 듣긴 했지만, 의외로 젊은 목소리에 놀랐다.

가면을 쓰고 있는 탓에 드러나지는 않았지만.

"당신이군요?"

"녹화 중인데 여기 있으셔도 됩니까?"

"아직 제 차례 오려면 멀었어요. 그것보다, 제 선곡 노래… 들어보셨죠?"

"들어봤습니다. 아주 재밌는 게 녹음이 되어 있던데."

어린 공주는 허리에 손을 짚더니 한숨을 내뱉고는 물었다.

"얼마나 필요해요?"

"뭐가요?"

"돈이요. 얼마나 드리면 되냐구요."

현일은 말없이 오른손 검지를 들어올렸다.

"10억이요? 좋아요."

'허, 대충 1억쯤으로 생각할 줄 알았는데? 역시 은소연인가. 집안이 빵빵하다더니 통이 크군.'

하지만.

"1조."

"네……?"

"1조. 그 미만은 절대 안 됩니다."

당연히 진짜 1조를 달라는 말은 절대 아니리란 것을 그녀
도 잘 이해했다.

"협상의 여지는 없다 이 말이로군요?"

"지금이라도 기회를 드리겠습니다. 그냥 본인 음역대에 맞
춰서 부르시든지, 아니면 음이탈, 플랫 각오하고 무리해서 부
르시든지. 그러면 없던 일로 넘어가 드리겠습니다."

"안 돼요!"

그녀는 이미 음향 감독에게 뇌물까지 먹였다.

그걸 순순히 토해낼 리도 없겠지만, 돈을 떠나서 그녀에겐
꼭 가면 노래왕 이번 시즌에서 우승을 해야만 하는 이유가 있
었다.

그러나 현일도 호락호락하지 않았다.

"저도 안 되겠는데요?"

"애초에 당신은 감독도 아니잖아요! 그런데 왜 당신이 마음
대로 이래라저래라 하세요?"

"물론 그렇긴 합니다만, 여긴 노래 실력을 승부하는 곳이지
실력을 숨기는 능력을 승부하는 곳이 아닙니다."

"이익……."

"그리고, '애초에'라고 하셨죠? 애초에 말입니다, 애초에. 3옥

타브 파#이 안 올라가면……."

그녀가 현일의 말을 끊으며 버럭 소리를 질렀다.

"올라가거든요!"

"…호흡이 짧으시면 그냥 여자 원키로 부르세요. 굳이 키를 안 높여도 이 곡이라면 충분히 깊은 인상을 줄 수 있을 겁니다. 퍼포먼스에라도 최선을 다하시면 이번 라운드는 이길지도 모르겠네요."

"그럼 저보고 나머지 곡들도 다 낮춰서 부르란 말이에요?!"

"다른 곡들도 다 녹음해 놓으셨어요?"

"예, 예? 아, 그……."

은소연은 자신의 실수를 자각했다.

"이거 안 되겠네. 방송 퇴출감인데요 거의?"

물론 이 정도로 방송 정지까지야 되진 않을 것이다.

그녀는 뒷배경도 있으니까.

그러나 이 사실이 알려지고 여론이 들끓으면 한동안은 여느 사건 터진 연예인들처럼 자숙 기간을 가져야 할지도 모른다.

오로지 실력만으로 승부하는 프로그램에서 립싱크라니, 이것이야말로 전 국민을 우롱하는 방송이 아니고 뭐란 말인가.

최소 방송국 국장급이 나서서 대국민 사과를 해야 할 정도의 스캔들이다.

"제, 제가 누군지 알고 하시는 말씀이에요?"

"누구든 상관없어요. 별로 알고 싶지도 않고."

이미 알고 있으니까.

'어떻게 하지?'

은소연은 목 너머로 올라오는 분을 가까스로 억누르고 상황을 타개할 차선의 방법을 떠올렸다.

그녀는 눈앞의 작곡가를 쭉 훑어보았다.

최선은 돈.

그러나 먹히지 않는다.

마침 나이대도 비슷하고, 능력 있고, 비주얼도 합격이고.

그렇다면 남은 방법은……

그녀는 진지한 대화를 위해 가면을 벗고는 슬며시 미소를 지으며 입을 열었다.

"이제 제가 누군지 아시겠죠?"

은소연.

역시 인기 있는 가수답게 예쁘장한 얼굴을 가진 미인이었다.

그녀가 앉아 있는 현일의 어깨에 손을 올렸다.

"작곡가님. 오늘 저녁에 같이 식사라도……."

요염하게 눈웃음을 치며 조금씩 현일의 가슴께로 내려가던 손을.

척.

낚아챘다.

"뭐하세요?"

그녀는 쳇 혀를 차며 손을 거두었다.

"좋아요. 어떤 음원을 틀든지 마음대로 하세요. 반드시 이길 테니까."

은소연은 그대로 쾅 문을 닫고 나가면서, 닫기 전에 한차례 째려보는 것도 잊지 않았다.

'마음대로 하라면 원하는 대로 해드려야지.'

돈과 미인계로 현혹하려고 한 대가는 결코 싸지 않다.

*　　　*　　　*

고고한 한 마리의 학처럼 왕좌에 앉아 있는 천사 세라핌이 어린 공주를 내려다보고 있었다.

그녀들의 시선이 서로 마주쳤다.

아주 잠깐이었지만, 둘은 가면에 가려져 있음에도 서로를 향해 담긴 강렬한 적의의 시선을 느낄 수 있었다.

'적의'의 시선을 보낸 건 어린 공주뿐이었지만.

아무튼 자신의 차례가 돌아온 어린 공주는 무대에 서서 마이크를 잡았다.

방청객들의 박수와, 패널의 출연자들에게서 몇 개의 질문을 받은 뒤, 진행자의 멘트에 따라 어린 공주가 선곡했던 노래가 흘러나오기 시작하였다.

그런데……

'…잠깐.'

그녀는 무언가 이변을 느꼈다.

'원키?'

여섯 키가 높아야 할 MR이 남자 키로 맞춰져 있었다.

"낮은데?"

"낮아."

방청객들도 웅성거렸다.

'괜찮으려나?'

패널의 출연자들도 낮다는 걸 눈치 챘지만, 내색하지는 않았다.

'원키? 풉! 뭐야 저게?'

다음 차례를 기다리는 가수들은 속으로 비웃기 시작했다.

—날려~ 가~~

다행히 '도시화'가 처음부터 끝까지, 여성 보컬이 커버할 수 없는 데까지 저음으로 내려가는 구간은 없기 때문에 부르는 덴 문제가 없었다.

아니, 오히려 너무 수월하게 불렀다.

그게 문제다.

은소연은 오랜 시간동안 보컬 트레이닝을 받아온 가수.

그런 가수가 남자 키인데 최선을 다해서 부르고 있다는 퍼포먼스를 보여줄 수도 없는 법이었다.

그렇다고 편하게 부르니 임팩트가 없다는 게 문제였다.

표를 주는 방청객들에게 감동을 줄 수가 없는 것이다.

결국 투표의 결과는 28 : 71로 어린 공주의 압도적인 패배로 끝났다.

'말도 안 돼!'

＊　　　　＊　　　　＊

"당신 대체 뭐예요?!"

은소연은 탈락 기념(?)으로 다음 선곡인 세이 굿바이를 부르고(물론 이것도 원키였다.), 녹화 중인 스튜디오에서 나오자마자 음향실로 난입해서는 소리를 질러댔다.

이미 탈락해 정체가 드러나 가면을 벗고 있는 은소연은 아주 열이 받았는지 얼굴이 빨개져 있었다.

"임시 음향 감독이죠."

곧 대체할 사람이 온다고 했으나, 아직은 시간이 더 걸릴 모양이었다.

"어떻게 그런 짓을 할 수가 있죠?"

"아까 저한테는 분명 마음대로 하라고 하셨던 것 같은데요?"

"아무리 그래도 이건 아니죠! 일부러 떨어뜨리려고 작정한 거잖아요! 지금 매스컴에서 저를 얼마나 비웃고 있는지 알아요? 이건 제 이름에 먹칠을 한 거라구요!"

"그럼 반칙승하려고 작정하는 건 괜찮고요?"

"윽……."

"그리고 하이라이트가 미리 녹음되어 있다는 게 알려졌으면 정말 단단히 이름에 먹이 묻었겠죠. 제가 당신을 살려 드린 겁니다."

"궤변이야!"

"아무튼 이 일로 다시는 이야기 하지 맙시다."

현일은 어서 나가라는 듯이 문을 열어주었다.

그녀는 안 그래도 새빨갛던 얼굴이 아예 붉으락푸르락해져 있었고, 꽉 쥔 두 주먹이 부르르 떨리고 있었다.

"두고 봐요!"

"안 볼 겁니다."

그녀는 무언가 재차 말하려는 것 같았지만, 현일이 재빨리 문을 닫았다.

우우웅.

그녀의 멀어지는 걸음 소리가 스마트폰 진동 소리에 묻혔다.

'돈 들어오는 소리로구만.'

도착한 문자를 보니 방송국의 명의로 6,020만 원이 입금되었다는 메시지였다.

그렇게 화면을 들여다보고 있으니 전화가 왔다.

권상원 캐스팅 디렉터였다.

"네."

―작곡가님, 지금 계약금 입금되었을 거에요.

"확인했습니다."

―밥값이라도 하시라고 조금 더 넣어드렸어요. 하하하!

"감사합니다. 이거 밥이라도 한 끼 사드려야겠는데요?

―아휴, 그래주시면 감사히 먹겠습니다.

'겨우 20만 원 가지고 생색은.'

결코 아주 작은 돈은 아니지만… 어쨌든 6뒤에 붙은 0이 몇 갠데 20만 원에 기뻐할 리가 없었다.

안 주는 것보다야 낫지만.

'…나도 배가 불렀나.'

동생 병원비 대느라 한두 푼을 소중히 여기던 때가 엊그제 였는데 말이다.

어쨌든 겨우 그런 말을 하려고 녹화 도중에 전화를 할 리는 없었다.

"어쩐 일로 전화하셨습니까?"

아마도 방금 전 일 때문이리라.

―큼, 은소연 씨의 무대 말입니다만, 은소연 씨가 항의를 해 와서 말입니다.

"그래요?"

그녀는 아무래도 곱게 넘어가고 싶지 않은 모양이다.

―어디서 그런 풋내기… 크흠! 적절한 루트를 취하지 않고 즉석에서 음향 감독 자리를 앉힐 수가 있는 거냐고 따지더군요.

"그건 저도 부정할 생각은 없습니다."

　―이해해 주셔서 감사합니다. 하필이면 오늘 음향 엔지니어를 구하기가 쉽지 않아서요.

아마 은소연이나 그녀의 뒤를 챙겨주는 누군가가 손을 쓴 게 분명하다.

　―무슨 일이라도 있었습니까?

"있었죠. 아주 기분 더러운 일이."

Chapter 2
Say yes

당연히도 권상원은 어떤 일이 있었는지 궁금해했지만, 통화
를 하는 사이 대체된 음향 감독이 도착하자 현일은 따로 감독
에게 전해주겠다는 말을 남기고 전화는 끝났다.

　인간 대 인간으로서는 그냥 입 닫고 있는 게 맞을지도 모
르지만, 이건 엄연히 사업이다.

　비즈니스.

　은소연과 딱히 인간적으로 친해지고 싶은 생각도 들지 않
았다.

　'어차피 수면 위로 끓어오르진 않겠지.'

　그저 찌라시 몇 개가 돌거나, 방송국 PD와 연예인들 사이에

서 '그런 일이 있었다더라~' 하는 정도의 술자리 안주로 남을 가능성이 높다.

굳이 수면 위로 떠오르게 만들고 싶지도 않고.

단지, 앞으로는 이런 일이 없도록 감독에게 고하기 위함이다.

현일은 녹화가 끝나고 감독을 찾아갔다.

"아, 작곡가님. 수고하셨습니다. 덕분에 위기는 넘겼군요."

"별말씀을."

"할 말이 있다고 들었습니다."

"그게 말이죠……."

현일은 감독에게 음향실에서 어떤 일이 있었는지 말해주었다.

"진짭니까?"

"음향실에서 확인해 보시면 됩니다."

"지금 즉시 가봅시다!"

곧장 음향실로 달려가 진위 여부를 확인한 감독.

쾅!

감독은 노발대발하며 헤드폰을 벗어던지고 일어나 테이블을 내려쳤다.

빡빡 민 머리에, 후덕한 몸집.

언뜻 보면 뒷세계에 종사하는 사람처럼 보이는 인상의 감독은, 보기보다 정의로운 성격인 모양이었다.

그가 소리를 더욱 높였다.

"내가 이 프로그램에 얼마나 정성을 쏟아부었는데! 내가 십수 년 전부터……."

그의 스토리를 듣자 하니, 오랜 세월 실패로 가득한 인생을 살다가 이 프로그램으로 자신의 명성이 알려지기 시작했다는 것이다.

감독은 그런 야심찬 프로젝트에 먹칠을 하려는 은소연을 가만두면 안 된다고 선포했다.

"그럼 어떻게 하시려고요?"

"당연한 거 아닙니까! 이건 고발해야죠!"

"어디에요?"

그렇게 이것저것 물어보니 자기가 어떻게든 해보겠다는 말을 남겨두었다.

현일은 시계를 보았다.

'벌써 한 시네.'

녹화 시작은 오후 세 시.

2주 분량을 녹화하는 프로그램이었기 때문에 끝나고 나니 열두 시였는데 감독과 이런저런 얘기를 하다 보니 새벽 한 시가 되었다.

'세라핌에게 접근하는 건… 그냥 내 차례가 왔을 때 가지, 뭐.'

편곡한 노래를 부르는 건 오직 노래왕의 자리를 차지하고 있는 사람뿐.

어차피 이 일을 맡은 이상 그녀와 만나게 되는 건 정해진 수순이었다.

아무튼 아쉬운 마음을 뒤로 하고, 현일은 스튜디오를 나섰다.

하여튼, 며칠 후 미디어는 떠들썩했다.

감독은 어떻게든 해보겠다는 장담을 실행으로 옮겼다.

어떻게 했는지, 녹화분을 방영하고 나서 며칠 후에 여러 언론에 은소연의 사전 녹음 사실이 기사에 대서특필된 것이다.

방송 녹화 도중 은소연은 하이라이트가 미리 녹음된 음원을 사용하려다, 그 사실을 알아챈 엔지니어가 어쩔 수 없이 원키로 반주를 틀었다는 것이 기사의 대체적인 내용이었다.

'하긴 감독 정도 되면 여기저기에 연줄이 닿아 있겠지.'

사실 출연자들이나 방청객, 그리고 TV 시청자들은 많이 의아해했었다.

어디까지나 가면 노래왕은 노래 실력을 승부하는 프로그램.

여 가수가 남자 가수의 노래를 원키로 부른다는 것은, 평가에 있어서 매우 큰 디메리트가 아닐 수 없으니까.

패널의 출연자들이야 어떻게든 '감정을 잘 살렸다.' 등등의 좋은 말로 열심히 커버를 쳐주었지만, 결국 그들도 겉으로 표만 안 냈을 뿐 상대 가수에 투표했으니 말 다한 셈이다.

'감독님이 큰일을 해내셨구만.'

가요계와 네티즌들은 뒤집어졌다.

[가면 노래왕! 립싱크 대결 프로그램이라는 오명을 쓰다!]

—또 이런 일이 있기 전에 뭔가 대책을 강구해야 하지 않을까요?

—어쩌면 이미 예전 방송에서도 몇 번 행해졌던 일일지도 모르겠네요.

ㄴ 그럴 듯요. 원래 꼬리가 길면 밟히는 법이라고, 생각보다 자주 있었던 일이니 감독이 직접 폭로할 지경에 온 것 같네요.

이런 기사가 뭉텅이로 쏟아져 나올 정도로.

'그런 오명 안 썼습니다. 기자님.'

그래도 감독이 앞장서서 밝힌 덕분에 다행히 가면 노래왕은 국민 우롱 방송이라는 오명은 피할 수 있었다.

                    *   *   *

가면 노래왕 출연자의 연습실로 향한 현일.

오늘이 세라핌이 선곡한 노래를 현일이 편곡해 줄 차례였다.

가면 노래왕의 출연자들은 신분 노출을 피하기 위해 미리 복장을 갖춰 입고 스튜디오에 간다.

친한 동료들이야 그 정체를 알고 있겠지만, 졸졸 따라다니면서 가면 속의 얼굴을 포착할 기회만 호시탐탐 노리는 사람들이 있을지도 모르니까.

그런 이유로 세라핌은 연습실에서도 역시 가면을 쓰고 있을 것이다.

"안녕하세요."

"오셨군요. 반갑습니다. 여기 앉으시면 돼요."

"네."

그녀는 평상복에 깃이 달린 하얀 가면을 쓰고 있었다.

'목소리가 많이 익숙한데.'

분명 어디선가 많이 들어본 것 같았지만, 그러려니 넘겼다.

'TV에 자주 나온 사람이겠지.'

실제로 친분이 있다면 그녀가 먼저 아는 척을 해왔을 것이라 생각하며.

현일이 먼저 곡에 대한 얘기를 꺼냈다.

"다음 방송에서 선곡할 노래는 생각해 두셨어요?"

"네, 원래 도시화를 하려고 했는데 그건 안 되겠더라고요. 하하."

"아."

현일은 피식 웃었다.

"횡액이 있었죠."

"그렇기도 하고, 이미 다른 출연자가 선곡한 노래라……."

그녀는 내심 궁금했던지, 머뭇거리다 입을 열었다.

"그런데 어떻게 된 거예요?"

"별거 없어요. 그냥 은소연이 미리 녹음된 음원을 쓰려고 했는데, 그걸 알아차린 제가 MR을 원키로 틀었고, 은소연은 탈락했다. 그런 얘기죠."

"그렇군요."

현일이 자세한 얘기를 꺼린다고 생각했는지, 그녀는 더 이상 묻지 않았다.

"하여튼, 생각해 둔 건 여러 개 있는데 아직 정하지는 못 했어요. 혹시 작곡가님이 추천해 줄 만한 거 있으신가요?"

"발라드로 하실 거죠?"

"네."

'발라드를 EDM 스타일로 만들어줄까?'

그녀는 첫 출연 때부터 발라드를 고수해 온 가수였으니, 이번에도 그럴 것이라 생각했다.

'아니지, 아니야. 분명 다음 녹화에 출연할 가수는… 음악황제!'

묵직하고 탄탄한 저음부터 스크래치 없는 깨끗한 고음으로, 전생엔 최초로 십 연승을 거머쥘 정도로 만인의 사랑을 받았던 우리나라 음악황제.

누구라도 우리나라에서 단연 톱의 실력을 가졌다고 인정하는 락커였다.

프로 가수들조차 주저 없이 자신보다 위라며 엄지를 치켜 올릴 정도로.

'가면 노래왕 출연 후에 엄청나게 떴었지.'

타 가수들은 함부로 손대지 못하는 여러 장르의 곡들을 넘나들며 그 위명을 대중에게 떨쳤다.

'왕좌'라는 자리에 그 누구보다도 잘 어울렸던 가수.

그것이 우리나라 음악황제였다.

"락"

"네?"

"락으로 하죠."

"락은 불러본 적이 없어요."

"한 번도요?"

"네."

"그럼 이번 기회에 불러보시면 되겠네요."

"……."

"다른 장르까지 섭렵할 수 있어야 진정한 노래왕이라 할 수 있죠."

"이미 노래왕인데……."

"앞으론 그렇게 될 거라는 얘기예요. 일단 음역대 체크부터 해볼까요? 어떤 노래까지 커버할 수 있는지 알아야 하니까."

"네."

현일은 연습실에 놓여 있는 디지털 피아노 앞에 앉았다.

"샵은 뺄게요."

가온다(피아노 정중앙의 도)를 3옥타브 도로 두고(우리나라에서는 보컬리스트의 음역대를 측정할 때 3옥타브를 1옥타브로 말하는 이상한 관습이 있다)두 옥타브 뒤의 도부터 건반을 눌렀다.

도.

"아~"

레.

"아~"

미.

"아~"

파.

"아아~"

솔.

"아아아~"

라.

"아아아아~"

시.

"아아아아~ 아악!"

현일이 손을 놓았다.

그녀의 목덜미에 핏줄이 선명하게 올라왔다.

"어떻게든 3옥시까진 올라가시네요."

"낮은가요?"

"네, 낮아요."

"……."

"다음 방송에 출연하는 가수 중에 아주 대단한 락커가 한 명 있거든요? 그분이 남자인데 3옥시까지 안정적으로 올라가시거든요. 다음엔 질 수도 있어요."

"…칫, 고음이 다가 아닌데."

"투표권을 쥐고 계신 방청객들에겐 고음이 거의 다죠."

그녀는 할 말이 없어 입을 꾹 다물었다.

현일이 말을 이었다.

"그 가수는 고음뿐만 아니라 저음도 탄탄하셔서 상당히 강적이 될 겁니다. 그리고 원래 노래 실력은 음역대와 호흡이 90퍼센트 이상이고 나머지가 기교라거나 기타 등등."

"…그건 작곡가님의 개인적인 사견이 아닐까요?"

"큼, 최대한 시청자의 입장에서 바라본 겁니다."

그녀가 고개를 휙 돌렸다.

"그래도 세라핌 씨는 바이브레이션도 딱 듣기 좋게 적당하네요. 기교를 절제할 줄 알아요. 음색도 예쁘시고."

"흥, 엎드려 절받기예요."

"아닙니다."

"결국 호흡 짧다는 건 절대 정정 안 하시네요."

"짧다고 한 적 없습니다."

"작곡가님이 말씀하셨던 '90퍼센트'를 제가 충족하고 있지 못하다는 거잖아요."

"그럼 한번 볼까요? 도시화 하이라이트는 한 호흡에 이어지세요? '흩어져 날아가.' 이 부분."

"…아뇨. 여자 키로는 '흩어져'에서 끊어야 해요. '날아가'는 애드리브까지 이어지구요."

현일이 턱을 짚었다.

"흠……."

그녀의 어깨가 축 처졌다.

"그래요! 저 호흡 짧아요! 음역대도 안 높고! 저음도 안 되고!"

"그래도 그 정도면 대단한 거예요. 정말로요. 그게 한 호흡에 이어지는 가수가 있었으면 진즉 누가 부르고 노래왕에 등극했을 겁니다."

"히힛. 고마워요."

현일의 말은 으레 하는 칭찬이 아니라 진심이었다.

'도시화'의 하이라이트를 한 호흡으로 부를 수 있다면 자신이 호흡 괴물이란 것을 만천하에 자랑할 수 있는 아주 좋은 노래니까.

"어쨌든, 음악황… 큼, 그 가수는 1라운드 2라운드에서는 적당히 괜찮은 노래 부르다가 3라운드에서 반드시 이기기 위한 노래를 들고 나올 겁니다."

당연한 소리였다.

다 그렇게 하니까.

"락으로요?"

"예."

"사람들이 안 좋아할 것 같은데요."

"잘 부르면 다르죠. 그런 의미에서 저는 천사님께 '석궁' 밴드의 'Say Yes'를 추천 드리겠습니다. 그 가수의 3라운드 승부곡에 맞설 수 있는 상당히 파워풀한 노래고, 마침 최고음도 다섯 키 올리면 3옥타브 시예요."

눈에는 눈, 이에는 이.

락에는 락이다.

"처음 듣는 노래인데요? 밴드 이름도 처음 알았고."

"우리나라 4대 보컬 아시죠? 흔히 성만 따서 가나다순으로 김나……."

"아! 알죠. 물론."

세라핌이 재빨리 대답했다.

"그중 네 번째 가수가 아이돌 그룹으로 활동하던 신인 시절 노래를 가르쳤던 분이 작곡하신 노랩니다."

"…그분이 아이돌 그룹으로 데뷔하셨어요?"

"네, 문 차……."

"아! 알아요!"

"아무튼 그렇습니다."

"큭!"

대한민국 4대 보컬리스트 중 한 명의 스승이었던 보컬 트레이너가 작곡하고 부른 노래!

그 말만 들어도 무척이나 어려울 것 같은 노래였다.

가면 너머로 그녀의 안색이 구겨지는 게 훤히 보이는 것만 같았다.

"제가 부를 수 있을까요?"

"해보면 알겠죠. 일단 노래부터 들어봅시다."

세라핌이 헤드셋을 썼다.

약 4분 뒤 그녀가 입을 열었다.

"음… 높네요."

"할 수 있을 거예요. 이 노래는 1절에서 최대한 체력을 비축해 두시고 2절에서 다 쏟아내시면 됩니다. 불러보세요."

"큼, 크흠! 아, 아아아~!"

그녀가 목을 가다듬고 물을 마셨다.

고개를 돌리고.

'그렇게 보여주기 싫은가?'

현 노래왕은, 나름 'X문가'라는 네티즌들조차 그녀의 정체를 짐작도 못하고 있는 상황이었다.

'전생에서도 세라핌이라는 출연자는 나온 적이 없었어.'

그저 자신이 기억을 못하는 것일까.

분명 어디선가 들어본 목소리인 것 같았다.

그것도 아주 가까이에서.

"바로 시작할게요."

"네."

현일이 노래를 재생했다.

♬~

"Oh~ Say Ye~s~"

탁.

"……?"

그녀가 첫 소절을 부르자마자 현일이 노래를 꺼버렸다.

"잠깐만요."

"네?"

"발성법을 바꾸신 거죠? 비교적 최근에."

"엇? 어떻게 아셨어요?"

"원래 발라드를 하셨던 분 아니죠?"

"그걸 어떻게?"

"신인이시죠?"

세라핌은 무언가 이상한 낌새를 느꼈다.

"…그런 식으로 유도신문은 하지 말아요."

"쳇."

"제가 누군지 궁금해요?"

그녀가 머리에 손을 가져가 가면을 벗는 시늉을 했다.

"지금 생각해 보니 어쩌면 얼굴을 봐도 모를 수도 있겠다는 생각이 드네요."

"흥."

"어서 노래나 들어봅시다."

"잘 봐요."

♫

열창을 하는 그녀를 보며 현일이 감탄했다.

'오!'

곧 1절의 후렴구가 끝나가고 있었다.

"아픈 추억 속에! 남겨둬~~~!!!"

간주 파트.

현일이 물었다.

"어때요? 할 만해요?"

"생각보다 어렵진 않았네요. 아직은요. 잘했나요?"

"네, 샤우팅도 깨끗하시고, 고음에서도 안정적이에요."

그러나 현일은 불안했다.

'벌써 핏줄이 올라오네.'

그녀의 새하얀 목덜미에 선명한 푸른색으로 떠오른 핏줄
은, 언뜻 보면 무척이나 섹시했다.

하지만 벌써부터 목이 조여 올 정도라면 2절 하이라이트에
서 고생 꽤나 할 것이다.

아니나 다를까.

"sa~ y ye~~ s 워~! say ye~ s 워어~! 아파! 하지 마아
아아아!!!!! 워어… 컥… 콜록! 콜록!"

현일이 노래를 껐다.

"괜찮으세요?"

그녀가 물을 벌컥벌컥 들이켜고는 고개를 끄덕였다.

"괘, 괜찮아요."

그녀가 머리를 짚었다.

"으으… 현기증… 역시 호흡이 부족한가 봐요."

"혹시 보컬 트레이닝은 받으셨어요?"

"…티 나요?"

"그건 아니에요. 어차피 전 팝가수에게 보컬 트레이닝은 굳이 필요하지 않다는 입장이라서."

"아."

"어쨌든 호흡량을 늘리는 것도 좋은 방법이지만, 지금 세라핌 씨의 역량으로도 가능해 보입니다. 원래 한 노래를 원곡처럼 마스터하려면 적어도 천 번은 불러봐야 하거든요."

"천 번……."

"많이 부르다보면 성량 조절, 호흡 배분, 기교 삽입 등등을 어느 부분에서 어떻게 해야 할지 감이 오게 돼요."

"와, 노래 되게 잘하시나 봐요?"

"라고 말을 하더라고요. 제가 아는 노래 잘하시는 한 분이."

"……"

그녀는 현일의 말이 신빙성이 떨어지는 것 같다고 생각했다.

"아무튼 제 말대로 해서 손해를 보실 일은 없게 해드리겠습니다."

"다분히 영업적인 말투네요, 작곡가님."

"직접 불러 보셨으니 느꼈을 거예요. 'Say Yes'는 정말 제대로 부를 수만 있으면 노래왕 자리에서 내려가는 게 더 힘든 노랩니다."

그녀는 고개를 끄덕일 수밖에 없었다.

'우리나라 음악황제'가 공격적인 노래로 관객들에게 깊은 인상을 줘도, 마지막에 노래를 부르는 것은 현 노래왕인 세라핌.

기본적으로 노래왕이 유리한 시스템인 것이다.

단지 'Say Yes'가 어렵다는 게 문제일 뿐.

그녀가 생각하는 단점이 굳이 또 하나 있다면.

"이 노래는 다 좋은데 감정 전달이 어려운 것 같아요."

"어떤 부분에서요?"

세라핌은 엄지와 검지를 붙여 보였다.

"음… 가사와 음악의 분위기가 약~ 간 매치가 안 된 달까요? 샤우팅이 자신의 사랑을 상대에게 강요하는 느낌이에요. 'No'라고 말하면 꼭 큰 일이 날 것만 같아요."

그녀는 그렇게 말하며 쿡쿡 웃었다.

"그럼 다른 노래들은 감정 전달을 아주 잘 하셨나 봐요?"

"물론이죠. 특히 제가 첫 노래왕에 등극했을 때 부른 노래는 방청객들을 아주 펑펑 울렸다구요."

"뭐 부르셨는데요?"

"불후의 명곡이에요. 바로 불러드릴게요."

그녀가 마이크를 입에 붙였다.

"사랑하지 마요~ 내가 아니—며언~ 누구와도~ 영원할 수 없어어~ 그대를……."

노래는 짧게 끝났다.

"정말 좋은 곡이죠."

"어땠어요? 좋죠?"

현일은 솔직한 감상을 얘기해주었다.

"확실히 뭔가… 와닿네요."

"어떤 게요?"

"절 영원히 솔로로 만들고 싶어 하는 게."

"…그게 뭐에요."

"저도 부를 수 있다면 좋을 텐데."

"히히. 노래 가르쳐 드릴까요?"

"뭐, 언젠가는… 기회가 된다면. 하여튼 농담이 아니라, 정말 그런 느낌이 들었어요. 음, 음……."

가슴 한 편이 아려오는 느낌일까, 다른 사람이 아닌, 오로지 자신만을 영원히 사랑해 달라는 그런 가사를 잘 표현했다고 할까.

현일은 겉으로 드러나는 것이 아닌, 그녀가 표현하는 다른 종류의 가창력을 인정하기로 했다.

"뭐라 설명하기가 어렵네요. 그럼 Say Yes 말고, 세라핌 씨가 자신 있게 부를 수 있는 곡을……."

그녀가 현일의 말을 잘랐다.

"절 노래왕으로 만들어준 방금 전의 그 노래는… 제가 정말 정말 사랑하는 곡이랍니다. 아까 작곡가님의 말씀처럼 수십, 수백, 수천, 수만 번도 더 불렀던… 아!"

그녀는 불현 듯 무언가가 떠오른 듯이 감탄을 내뱉었다.

"작곡가님, Say Yes로 하겠어요. 대신!"

"대신?"

"일주일 안에 숙달하겠어요. 대신 작곡가님은 이 노래를 훨씬 더 멋있게 만들어 주시는 거예요?"

"당연하죠."

*   *   *

"여기 있었군요."

"은소연 씨?"

"당신! 이게 무슨 짓이죠?"

"제가 하고 싶은 말이네요."

세라핌과 이것저것을 상의하고 연습실을 나왔더니 기다렸다는 듯이 눈앞에 은소연이 나타났다.

그녀는 커다란 선글라스로 얼굴의 절반을 가리고 있었다.

"아무리 그래도 그렇지, 어떻게 언론에 고발할 수가 있어요? 팬들한테 욕먹고, 동료들한테 눈칫밥 먹고! 제가 얼마나 얼굴 들고 다니기 힘든 줄 알아요?"

"그럼 제가 아무런 행동도 하지 않고 가만히 있을 줄 알았어요?"

현일이 한 건 아니지만.

"그랬어야죠!"

"……"

너무 당당해서 할 말이 없어졌다.

그래서 무시하고 지나쳤다.

"이봐요! 거기 서요! 거기 서란 말 안 들려요?! 서라니까! 야!"

그녀는 체면도 신경 쓰지 않고 잽싸게 달려와 현일의 팔목을 잡아챘다.

"뭡니까? 또?"

"제발."

"……?"

"제가 이 오명을 씻어내지 못하면 집에 가야 해요!"

"아, 예… 안녕히 가세요."

은소연의 손을 떨쳐내고 다시 제 갈 길을 가려하는 현일의 팔목을 그녀가 다시 붙잡았다.

"전 가수가 아니면… 아니, 어떤 일을 하든지 간에 절대로 집으로 돌아가고 싶지는 않아요!"

"그래요? 세상에서 집만큼 편한 데가 어딨다고. 그리고 그건 오명이 아니라 업보라고 하는 겁니다."

"아, 아무튼요!"

보아하니 그녀는 흔히 재벌 2, 3세가 받는다는 후계자 교육인지 뭔지를 받아야 하는 모양이었다.

그걸 견디지 못해 뛰쳐나왔거나, 정말 가수가 하고 싶어 집안에서 뛰쳐나온 것 같았다.

'분명 전자겠지.'

어쨌거나 저쨌거나 현일은 그녀의 집안 사정에 단 요만큼도 관여하고 싶은 생각이 없었다.

"그건 본인이 알아서 할 문제죠. 감독님께 사정해 보시든지."

"이미 해봤어요."

"그렇다면 더욱 더 제가 도와드리긴 힘들겠네요. 이제 그만 귀찮게 하세요."

현일은 재빨리 자리를 벗어났고, 그녀는 발만 동동 굴렀다.

*   *   *

'또 오는군.'

방송국을 나서니 주위를 두리번거리던 누군가가 현일을 발견하자마자 다가오고 있었다.

그가 사람 좋은 미소를 지으며 말을 건네왔다.

"안녕하세요, 작곡가님. 찾고 있었습니다. …방송국의 이영섭이라고 합니다."

"절 찾으셨다고요?"

"네, 미리 연락드리려고 했는데, 잘 안 되더군요. 그래서 염치 불구하고 가면 노래왕 출연자의 곡을 맡았다는 소식을 듣고 기다리고 있었습니다."

"방송국에서 찾아오셨다는 건?"

"일단 서 있기는 그러니 어디 가서 커피라도 한잔하실까요?"

현일은 잠시 고민하다 고개를 끄덕였다.

"그러죠."

어떤 일인지 얘기 정도 들어보는 건 괜찮을 것 같았다.

남의 스케줄을 캐고 다니는 건 언짢지만, 그렇게나 자신을 보고 싶어 하는 이유가 무엇인지 현일도 내심 궁금했으니까.

둘은 근처의 카페에 가서 앉았다.

"조만간 프로그램을 하나 할 건데 작곡가님께서 메인으로 출연해 주셨으면 합니다."

이영섭은 단도직입적으로 말해왔다.

"말씀은 고맙지만, 저한테 그런 제안을 하고 싶지 않을 텐데요. 전 엔터테이너가 아니라서."

"부담 안 가지셔도 돼요."

"무슨 프로그램이죠?"

"요새 하도 음악 프로그램이 인기지 않습니까? 가수들이나 일반인들 방송에 나와서 노래하는 게 한두 개가 아니죠. 그래서 이제는 아예 작사가, 작곡가가 즉석에서 곡을 만들면, 가수들이 불러주는 거죠."

"프로그램 제목은?"

"명곡의 탄생."

뭔가 대충 지은 티가 난다.

'평작 정도였던가?'

그냥저냥 무난하게 평범한 시청률이 나왔던 프로그램으로 기억한다.

때문에 장수 프로그램은 아니었지만, 현일은 꽤 재밌게 봤었다.

어쩌다 채널 돌리다가 나오면 보는 정도였지만.

'음악 프로그램은 어디까지나 가수가 리드하는 거니까.'

현일은 고개를 끄덕였다.

"예, 나중에 연락주세요."

*　　　*　　　*

가면 노래왕 스튜디오.

2라운드 상대를 어렵지 않게 이긴 우리나라 음악황제.

"남은 건, 포기 뿐인가아아아아!!!!! 예예!"

"이야아아아!"

그는 고막을 강타하는 강렬한 고음으로 패널과 방청객들을 열광의 도가니로 몰아넣었다.

'내가 졌구나.'

앞서 3라운드 노래왕 도전 곡을 불렀던 모 가수.

그는 음악황제가 아직 노래를 절반도 부르지 않았음에도 자신의 패배는 예정되어 있음을 깨달았다.

음역대, 음색, 성량, 기교, 무대 퍼포먼스, 기타 등등.

그 자신이 듣기에도, 음악황제는 어느 하나 자신보다 뒤떨어지는 것이 없었다.

그럼에도 불구하고 그는 전혀 패배의 슬픔을 느끼지 않았다.

아쉬운 마음도 없었다.

"…save us! save us! save us! saaaave uuuuus!!!!!"

"와아아아아!"

정체는 모르지만, 그 누구든 음악황제가 스튜디오를 휘어잡는 모습을 바로 눈앞에서 본다면 자신과 같은 것을 느꼈으리라.

저자야말로 '왕좌'에 어울리는 가수라는 것을.

그렇게 생각했다.

모두가.

"음악황제님은 우리나라 음악황제신데, 세계구급이시네요."

"세라핌이 못하는 장르를 하셨네."

"이거 어쩌면 세라핌의 연승 행진이 오늘로써 끝날지도 모르겠다는 생각이 드는데요?"

"여기서 이 노래를 듣게 될 줄은 꿈에도 몰랐습니다. 정말 감사합니다."

패널은 모두들 도전자 둘을 칭찬하면서, 음악황제를 극찬하는 분위기였다.

"결과느으은!"

곧 결승전의 진출자가 발표되었다.

"91 대 8로 음악황제가 결승에 진출합니다!"

"와아아아아아!"

그야말로 압도적인 승리.

은근히 현 노래왕을 놀려먹는 것도 잊지 않았다.

음악황제의 마이크에서 변조된 목소리가 흘러나왔다.

"어… 처음에 이 무대에 섰을 때는 3라운드까지만 가면 좋겠다고 생각했는데, 막상 이 자리에 서니 한 번 저 자리에도 앉아보고 싶네요."

그는 그렇게 말하며 손으로 상석의 세라핌을 가리켰다.

"쉽게는 안 될 거예요."

둘의 눈에서 보이지 않는 스파크가 튀겼다.

'그 작곡가님 말씀대로야. 강적이다.'

세라핌의 목울대가 크게 울렁거렸다.

떳떳하게 음악황제의 도발을 받아쳤지만, 몇 번의 연승이래로 차분해졌던 기분이 다시금 큰 긴장감에 휩싸임을 느꼈다.

'정말 떨어질 수도 있겠어.'

음악황제는 그녀가 왕위에 집권한 이래로 본 단연 최강이자 최고의 실력자였다.

그리고 이어지는 사회자의 멘트.

"자, 둘의 팽팽한 신경전이 펼쳐지는 가운데, 천사 세라핌의 무대를 보시겠습니다!"

그녀가 에스코트를 받으며 무대로 걸어 나왔다.

곧이어 흘러나오는 전주.

♬~

"엇? 이 노래는?"

"뭐지?"

전주가 흘러나오자 무슨 노래인지 가장 경악한 사람은 방금 전, '세라핌이 못하는 장르'라고 말했던 패널의 출연자였다.

"설마……?"

세라핌이 입을 열었다.

"Oh~ Say Ye~ s."

또한, 무슨 노래인지 가장 먼저 알아차린 것은 바로 도전자인 우리나라 음악황제였다.

'음… 설마 락을 부를 거라곤 생각 못했는데, Say Yes를 들

고 나올 줄이야.'

방금 전, 91표로 3라운드를 이겼을 때만 해도, 어쩌면 생각보다 간단하게 노래왕이 될지도 모르겠다는 생각을 가졌던 그였다.

하지만.

"지난 슬픔 속에! 흘린 눈물은! 아픈……."

'역시 왕은 왕이라 이건가?'

"남겨둬어어어~!"

"오오오~"

객석에서 들리는 감탄사.

그가 보기에 세라핌은 아직 왕좌에서 내려오고 싶은 생각이 없는 듯했다.

'엄청 연습했나 보네.'

그녀의 실력은 현일이 처음 연습실에서 봤을 때와 크게 달라져 있었다.

샤우팅도 깔끔하고, 호흡이 딸리지도 않았다.

모든 것이 안정적.

'게다가 무대니까.'

적당한 긴장감은 무슨 일을 하든 최고의 효율을 내준다.

또한, 대중들은 잘 모르지만 사실 가수들이 무대에서 노래를 부를 때는 최소 두세 개의 보컬 이펙터를 사용한다.

특히나 가면 노래왕 같은 공중파 프로그램에서는 더욱.

심지어 피치 커렉션(음이 불안정하거나 이탈되는 것을 보정해주는 툴) 이펙터까지 살짝살짝 사용하는 건 업계인들만 아는 공공연한 비밀인 셈.

물론 어디까지나 도움의 역할일 뿐, 안 올라가는 음을 올라가게 해주는 건 아니다.

그런 건 미리 녹음된 음성에만 가능하니까.

아무튼 현일의 시선은 그녀가 아닌 관중석의 누군가를 향해 있었다.

'역시 세라핌의 정체는……'

어디선가 들어봤던 목소리.

가면을 쓰고, 평상시 말을 할 때 원래 목소리도 들키지 않으려 애쓰던 그녀였다.

그렇다는 것은 현일도 그녀를 알고, 그녀도 현일을 안다는 것.

그 추측은 확신으로 변했다.

관중석 구석에 야구 모자를 쓰고 있는 중년의 남성.

현일이 직접 본 적 있는 사람이다.

인이어를 꼽고 있는 걸 보아하니 양옆에는 경호원으로 보이는 두 사람이 앉아 있었다.

함부로 신분을 드러내면 안 되고, 경호원까지 대동한 걸로 보아 어딘가의 중요한 자리에 앉아 있을 만한 사람.

그는 분명히 세라핌의 무대를 보러 왔을 것이다.

그걸 유추해 보면, 현일이 떠오르는 세라핌의 정체가 딱 한 명 있었다.

'너였구나. 세라핌.'

현일의 입꼬리가 올라갔다.

그사이 세라핌의 노래는 끝을 향해가고 있었다.

"워~! 아파! 하지마아아아아! 워어~! oh say yes~ s 이젠 나의 손을 잡아! sa~ y ye~~~ s!"

"와아아아아아!"

오늘따라 방청객들의 함성이 유난히 크다.

앞서 음악황제의 노래로 달궈놓은 객석을, 세라핌의 노래로 땀을 뻘뻘 흘리게 만들었다.

노래가 끝난 후엔 언제나 패널 출연진들의 평가 시간.

"설마 세라핌 님께서도 락 윌 네버 다이 정신이 경건하게 묻어계실 줄은 상상도 못했습니다. 죄송합니다."

"하하하하하!"

아까 전, 락을 세라핌이 못하는 장르라고 말했던 출연자는 다른 출연자들의 갈굼에 무릎을 꿇고 있었다.

진행자가 음악황제에게 말했다.

"음악황제 씨, 세라핌의 노래를 들어본 소감이 어떻습니까?"

"어… 솔직히 제 차례 때 방청객분들 반응을 보고 제가 이길 수 있을 줄 알았는데 그 생각이 쏙 들어갔어요. 오늘 제대로 천외천(天外天)을 본 것 같습니다."

"눌러주세요!"

잠시 후 투표가 시작되었다.

"노래왕은 바뀔 것인가! 결과는 바로오!"

이날, 가면 노래왕은 최고 시청률을 갱신했다.

＊　　　　＊　　　　＊

"놀라셨죠? 작곡가님."

"아니, 별로."

"거짓말."

녹화가 끝나고 현일은 세라핌과 면담하고 있었다.

정확히는 세라핌의 탈을 쓴 그녀.

"제가 그렇게 노래 잘할 거라곤 상상도 못했으면서."

김성아였다.

음악황제와의 투표수 차는 50 : 49로 음악황제가 새로운 노래왕으로 등극했다.

가면 노래왕 방송 역사상 전무후무한 단 1표 차이의 승부였다.

"오늘 스튜디오에서 너인 거 알았어."

"어떻게요?"

"객석에 너희 아버지 앉아 계시던데."

"에잇, 조심 좀 하시지."

"성아야."

호랑이도 제 말하면 온다고 했던가.

김 의원의 목소리가 들렸다.

"아빠."

아직 둘 사이가 어색한 것인지, 그녀는 어색하게 웃었다.

"노래 잘하더구나."

"고마워요."

"열심히 하거라."

"네."

김 의원은 일이 바쁜 듯, 그녀의 어깨를 두어 번 두드리고 발걸음을 돌렸다.

"아, 참. 자네, 작곡가라고 했던가?"

"네, 의원님."

"자네 얘기 참 많이 들었어."

그가 김성아를 슥 보고는 다시 현일을 보았다.

"그렇군요."

"내 딸에게 잘해줘야 하네."

"물론입니다. 의원님."

현일이 공손하게 인사를 했다.

자리가 사람을 만든다고 했던가, 김 의원의 정장에 달린 국회 배지 탓인지 마주치는 것만으로도 분위기가 무거워지는 것 같은 느낌.

그런 게 그에게는 있었다.

"약속한 거야."

그 말을 끝으로 그는 시야에서 사라졌다.

"아빠도 참……."

그렇게 말하는 그녀의 볼이 붉었다.

*   *   *

어느 식당.

"가수 데뷔했을 때가 엊그제 같은데, 언제 그렇게 실력이 는 거야?"

"원래 잘했거든요? 노래 부르는 거 좋아하니까. 작곡가님이 몰랐을 뿐이에요."

"그래, 그래."

현일은 웃어 넘겼다.

"…아쉽지 않아요?"

"한 표 차이?"

"네."

"음… 별로."

"왜요?"

왜냐고 묻는다면 그녀에게, 아니 누구에게도 말해줄 수 없는 이유가 있다.

'음악황제와 가면 노래왕은 떼려야 뗄 수가 없는 관계니까.'

음악황제는 점차 떨어져가던 가면 노래왕의 시청률을 단숨에 폭발적으로 끌어 올린 일등 공신이었다.

가면 노래왕이라는 프로그램은, 대중들로 하여금 얼굴도 잘 모르던 음악황제, 차현우의 이름을 전국에 쉴 새 없이 오르내리게 한 일등 공신이었고 말이다.

그야말로 상부상조.

사실 그대로 세라핌, 김성아가 이겨버리면 그건 그것대로 그에게 미안한 마음이 없지 않아 있었다.

'그렇게 되더라도 차현우는 분명 떴겠지. 어떤 식으로든.'

뾰족한 송곳은 아무리 감추려 해도 주머니를 뚫고 나오는 법이니까.

현일은 농담을 던졌다.

"음악황제든 너든, 난 어차피 노래왕의 편곡만 맡아주면 될 뿐인데?"

"에이! 나빴어! 진짜! 전 정말로 이기고 싶었단 말이에요!"

"5 연승으론 부족해?"

"그건 아니지만……."

"그럼?"

"됐어요. 안 가르쳐 줄 거예요."

그녀는 고개를 휙 돌렸다.

'계속 같이 작업하고 싶었으니까.'

오늘 그녀가 이겼으면 다음에 부를 곡도 현일이 편곡을 해
줄 테니까.

그래서 이기고 싶었다.

"노래왕 끝나면 뭐할 거야?"

"그냥 쉴까 생각중이에요."

"다음 앨범 낼 때까지?"

"네. 쉬는 동안에 노래 연습이라도 하려구요. 가면 노래왕
에 다시 나가면 누가 와도 다 이길 수 있을 정도로!"

"열심히 해. 다음 곡은 아주 7옥타브를 넘나들게 해줄 거니
까."

"히히히. 그럼 작곡가님은 뭐하실 거예요?"

"나는……."

현일은 괜스레 물 컵을 만지작거렸다.

"미국으로 갈까 생각중이야."

"미국… 이요?"

무슨 말을 해도 꺄르르 웃어대던 그녀의 표정이 어두워졌
다.

"원래 한 3~4년쯤 뒤에 가려고 했는데, 리얼리티 드래곤즈
가 날 자꾸 귀찮게 하네."

그 이유 때문만은 아니지만.

"가면 언제 돌아올 건데요?"

"모르지."

"……."

잠시간의 어색한 침묵을 깨고 김성아가 말했다.

"우리 노래방 가요."

*　　　　*　　　　*

어딘가의 노래방.

"여기 마이크. 제가 노래 가르쳐 드릴게요."

"나도 노래할 줄 알아."

"그래요? 무슨 노래할 거예요?"

"은영이야? 택진이야?"

"은영이네요."

"그럼 7033."

그녀가 번호를 누르자, 곧 둘의 귀에 아주 익숙한 반주가
흘러나왔다.

딴— 딴— 딴— 딴~

"헐."

김성아가 어이없다는 듯 말했다.

"이 노래 부를 수 있어요? 진짜 잘 부르지 않으면 안 되는
노랜데."

너무나 유명하고, 너무나도 좋은 노래.

최고음은 2옥타브 라로, 그렇게 높은 노래는 아니다.

하지만 원곡 가수 특유의 색깔이 너무나 짙어서, 가수들도 방송에서 잘 선곡하지 않는 노래다.

임재범의 고해.

옛날 모 TV 프로그램에서 여자들이 노래방에서 듣기 싫어하는 노래 1위로 소개된 곡이기도 하다.

'다 헛소리야.'

현일은 그렇게 생각했다.

좋은 음악을 듣기 싫어하는 사람은 절대로 없으니까.

"나도 이 노래 일만 번은 불렀어."

가볍게 목을 가다듬은 현일이 노래를 부르기 시작했다.

"어찌합니까~ 어떻게 할까요오오~ 감히 제가 감히~ 그녀르을~ 사랑 합니다아아~ 감히 제가 감히~ 그녀르을~ 사랑 합니다아아~"

'여기서 포인트.'

고해는 참 특이한 것이, 사람마다 부르는 방법이 죄다 다르다.

"조용히 나조차아아아~!"

'차'에서 한 음을 더 올린 현일.

"오 오 오~"

예상대로 그녀의 감탄사가 터졌다.

그 외엔 순조롭게 흘러가는 1절.

어느새 김성아도 노래에 빠져들어 옆에서 조용히 따라 부른다.

"어! 디에 있나요~!!!"

'요' 끝 음은 강렬하게 스크래치를 넣어 비브라토 없이 스트레이트로.

"제 얘기 정말~ 들리시나요~"

여기서는 끝 음을 올렸다 내리며 원곡처럼 오버스럽지 않고 부드럽고 깔끔하게 처리.

"그럼 피 흘리는~ 제 사랑을~ 알고 계신가요~"

끝에 애드리브를 빼고 바이브레이션을 넣어 길게 끈다.

"용서해 주세요~↑오↓오↓"

음을 내리며 꺾는 기교.

이 부분이 현일이 고해에서 가장 좋아하는 부분이었다.

노래가 끝나자 김성아가 웃으며 박수를 쳤다.

"제가 살면서 들어본 고해 중에 최고였어요."

"에코빨이야."

"가수들도 에코 다 넣는데요, 뭘."

그녀가 리모콘을 조작하고는 일어나서 현일의 팔을 잡아끌었다.

"우리 다음 곡은 같이 불러요."

*   *   *

'저 가면도 참 오랜만이네. 보면 볼수록 귀엽단 말이야.'

커다란 눈에 순수한 아이처럼 해맑게 웃고 있는 가면 속에 숨어 있는 무시무시한 가창력의 소유자.

우리나라 음악황제였다.

서로 인사를 나누고 의자에 앉았다.

현일이 먼저 입을 열었다.

"부를 노래는 정하셨어요?"

"네, 한 다섯 개쯤 연습하고 있어요."

"5 연승은 기본으로 깔고 간다는 건가요? 자신감이 대단하신데요?"

"아하하하… 할 수 있을지는 모르겠지만 전대 노래왕보단 더 잘하고 싶은 게 제 솔직한 마음입니다. 그래야 전대 노래왕도 기가 살지 않겠습니까?"

현일은 고개를 끄덕였다.

자신을 꺾고 노래왕을 차지한 사람이 방어전에서 고작 한두 번 만에 져버리면 그건 그것대로 기분이 좋지 않다.

'차현우가 불렀던 노래는 다 기억하고 있으니까 별로 어렵지는 않겠네.'

다행히도 현일은 음악황제 다음 노래왕이 불렀던 노래까지는 다 기억이 났다.

그다음은 누가 노래왕 이었는지도 잊어버렸지만.

"그런데, 그 Say Yes는 본인이 선곡한 건가요?"

차현우가 묻는다.

은근히 궁금해 하고 있었던 모양이다.

"아뇨. 제가 추천해 드린 거예요."

"저 진심으로 깜짝 놀랐거든요. 91 대 8로 결승전 이겼을 때만 해도 내심 '노래왕 별거 아니구나.' 했는데 하필 Say Yes 가 나와서… 솔직히 락은 저 말고 아무도 안 부를 줄 알았어요."

"저도 락을 좋아해서요. 일본에서 한번 크게 벌여보려고 합니다."

"오."

차현우의 몸이 살짝 들썩였다.

가면의 커다란 눈이 그가 놀랐다는 것을 대변해 주는 것 같았다.

"꼭이에요. 기대하겠습니다."

Chapter 3
나도 가수다

차현우의 'Lazenca'와 김성아 'Say Yes'는 방송으로 나간 지 하루 만에 조회 수 십만을 넘겼다.

차현우가 한스럽다는 듯 한숨을 쉬며 말을 이었다.

"저와 작곡가님을 계기로 우리나라에도 락 밴드의 설 자리가 만들어지기를 간절히 염원합니다."

"최대한 힘써볼게요. 아무튼, 다음 녹화 땐 어떤 노래 부르실 겁니까?"

차현우는 자신이 생각해 둔 목록을 얘기해 주었다.

"다음 곡은 아무래도 최근에 유명해진 노래가……."

'순서는 조금씩 다르지만 그때 불렀던 곡이랑 똑같네.'

현일은 전생에 그가 불렀던 순서 그대로 하는 게 어떻겠냐고 제안했다.

당연히 그가 이유를 물어보았지만, 그가 노래왕의 자리에서 내려오고 나서 했던 인터뷰 내용을 드문드문 떠올리며 나름의 이유를 둘러대 주었다.

그러자 차현우도 감탄과 공감을 내비치면서 현일의 의견에 동조해 주었다.

"어? 저도 그렇게 생각했는데, 역시 락커끼리는 통하는 게 있는가봅니다!"

"제가 락커는 아니지만요. 하하하."

"보컬이면 어떻고, 작곡가면 어떻습니까? 락 스피릿이 묻어 있으면 그게 바로 락커죠!"

"네. 아무튼 잘해봅시다. 11 연승까지."

그러자 차현우가 고개를 갸웃했다.

"왜 하필 11 연승이죠?"

"전 한 발짝 더 나아가고 싶거든요."

차현우는 현일의 말을 이해하기 어려운 눈치였지만 곧 고개를 크게 끄덕였다.

＊　　　＊　　　＊

명곡의 탄생 제작진 회의실.

현일은 차현우와 몇 번 합을 맞추고, 곧장 이영섭 PD에게
연락해 그와 접선했다.

"진행은 어떤 식으로 됩니까?"

"말씀드렸다시피 작곡가가 노래를 만들어서 오면, 출연자들
끼리 노가리 좀 까다가 작곡가가 초빙한 가수 둘이서 서로의
노래를 불러주는 거죠."

"즉, 노래 대결이다. 이거군요?"

"네… 그렇습니다만."

이영섭은 현일의 눈치를 보았다.

처음에 만났을 때만 해도 대결이라는 말은 하지 않았으니까.

물론 현일은 알고 있었다.

어쩌면 작곡가간의 자존심 싸움이 될 수도 있는 일.

현일은 이왕 하기로 결정한 것, 절대 물러나지는 않기로 다
짐했다.

상대가 누구든지.

"작사의 경우는 어떻게 합니까?"

그 질문이 나름 긍정적인 반응이라고 생각했는지, 이영섭은
안도의 눈빛을 띄며 대답했다.

"GCM 작곡가님께서 직접 작사를 하셔도 되고, 작사가를
섭외하셔도 되고, 가수에게 맡기셔도 상관없습니다."

"그럼 누구를 출연시킬지에 대한 권한은 저에게 있는 건가
요?"

"일차적으로는 그렇죠."

당사의 승인을 받아야 하지만, 작곡가의 재량하에 원한다면 어떤 가수든지 출연시킬 수 있다.

'괜찮군.'

썩 좋은 조건이었다.

'여러 기획사에서 연락이 오겠네.'

정말 좋은 노래를 만들어낼 수 있다면 무명 가수도 단번에 스타로 만들어줄 수 있을지도 모르는 것이다.

물론 제작진 측의 승인을 받아야 한다고 돌려서 표현하고 있기에 계약을 확실하게 할 참이다.

이영섭이 농담을 던졌다.

"그렇다고 해서 무작정 GCM 엔터의 가수만 데려오는 것도 조금 곤란합니다. 하하하."

"네, 뭐… 출연 횟수에 따라 다르겠죠."

"얼마나 출연하고 싶으십니까?"

그가 백지수표를 던졌다.

'이왕 하는 거 앨범 하나 만들고 가야지.'

"10회로 하겠습니다."

"좋습니다."

"그나저나 상대 작곡가는 누구죠?"

"아마 처음 상대는 아마 강호성 씨가 될 것 같습니다."

"벌써부터 부담되게 만드시는군요."

"첫 방송부터 스타 작곡가 두 명 딱 나와야 방송이 흥하지 않겠습니까? 하하하."

은근슬쩍 현일을 비행기 태워주는 이영섭.

그러나 정작 현일은 침음을 흘렸다.

강호성.

그는 발라드 전문 작곡가로 유명한 사람이었다.

대한민국 4대 보컬리스트의 곡을 모두 최소 한 번씩은 작곡해준 적이 있던 실력자인데, 이 바닥에선 모르는 이가 없는 작곡가였다.

'모두 히트시켰으니까.'

"애달픈 발라드로 관객들의 눈물을 쭉 뽑아내고! 신나는 EDM으로 환호하게도 만들어보고 아주 관객들을 들었다 놨다……."

이영섭의 말을 현일이 잘랐다.

"아뇨. 저도 발라드로 갈 생각입니다."

"예……?"

그가 못 들을 걸 들었다는 표정이 되었다.

여태껏 거의 대부분 신시사이저를 가미한 EDM 스타일의 노래를 작곡해왔던 현일이었기에, 이영섭은 앞으로도 계속 그럴 거라 생각했기 때문이었다.

장르와 장르의 대결로 승부를 보려했던 애초의 기획 의도가 틀어진 것이다.

"먼저 부른 팀이 더욱 불리할 수밖에 없습니다. 장르가 다르면, 뒤에 부른 노래가 더 깊은 인상을 주게 되거든요."

"어차피 그거야 가면 노래왕도 마찬가지 아닙니까?"

"그러니까 91 대 8이 나온 거죠. 락의 웅장함과 강렬함이 발라드의 잔잔한 감동을 걷어차 버리니까요."

"흐으음……."

이영섭은 눈을 감고 고민하기 시작했다.

왠지 눈앞에서 음악 분야의 전문가가 저렇게 말하니 일리가 있는 것 같았다.

"가수와 가수, 작곡가와 작곡가. 같은 장르로 붙어서 순수한 실력을 겨루는 겁니다."

"정말 그래도 괜찮겠어요?"

강호성은 발라드라는 한 우물만 파온 작곡가다.

그렇기에 EDM이 주력 장르인 현일을 걱정하는 것이다.

"맥시드 아시죠?"

"모를 리가 없죠."

"제가 키웠고, 또 개인적으로도 좋아하는 그룹이지만, 솔직히 말하자면 전 가끔씩 이런 생각이 들어요. 우리나라의 대중음악계가 과거의 영광을 되찾았으면 좋겠다고."

"그 마음 매우 잘 알죠. 80, 90년대를 살았던 사람들이라면."

"뭐든지 적당한 게 좋은 거죠. 전 TV에서 댄서도 나쁘진 않지만, 가수도 보고 싶거든요."

"……."

"질리면 용량 차지한다고 삭제해 버릴 노래가 아니라, 10년, 20년이 지나도 사랑받는 그런 노래를 만들 거예요."

"알겠습니다."

진지한 분위기 속에서, 현일이 농담을 던졌다.

"그래야 제가 연금을 받으니까."

"하하하하!"

*　　　*　　　*

GCM 작업실.

"누구 출연시키실 거예요?"

어느새 소문을 들은 이지영이 물어왔다.

"그러게?"

"…네?"

"생각해 봐야지."

이지영은 고개를 절레절레 저으며 팀 3D의 작업실로 발걸음을 옮겼다.

현일이 문득 고개를 돌렸다.

그러자 지나가던 한지윤과 눈이 마주쳤다.

"아, 안녕하세요!"

몇 초간 눈을 마주치고 있으니 화들짝 놀라며 황급히 시선을 회피하는 그녀를 현일이 불러 세웠다.

"잠깐 이리 와볼래?"

"네? 아, 네!"

그녀가 총총 다가와 현일의 앞에 섰다.

뽀얀 볼이 불그스름하게 물든 것이, 매우 건강하다는 것을
자랑하는 듯했다.

"노래 불러볼래?"

"지금요?"

"응. 여기서."

"네."

그녀가 고개를 끄덕였다.

심호흡을 한 번 하고, 목을 가다듬었다.

'잘해야지… 잘해야 돼… 무조건 잘할 거야!'

스스로에게 주문을 걸고 입을 열었다.

"다시 만난 우리가~"

맥시드의 노래중 그녀의 파트였다.

"아니, 그거 말고."

"그, 그럼요?"

"보고 싶다……"

"네? 저! 저도 보고 싶……."

"같은 발라드 말야."

"아! 보, 보, 보, '보고 싶다' 말씀이시죠?"

"응."

"보~ 고~ 싶다~"

"후렴구부터."

"미~ 칠~ 듯! 사랑했던 기~ 억이~ 추억~ 들이~ 너를 찾고 있! 지~ 만~ 더 이상……."

"됐어."

"네……."

그녀는 혹시나 자기가 실수한 게 아닐까, 어디가 부족한 건 아닐까 가슴이 조마조마했다.

'역시 잘해.'

현일은 내심 흐뭇해하며 작업실로 들어갔다.

*   *   *

명곡의 탄생 스튜디오.

방청객석의 앞에 있는 무대에 패널이 두 쪽으로 나뉘어져 있었다.

오른쪽 패널의 상석엔 작은 기획사의 대표로, 스케치북에 그림 그리는 취미가 있는 것으로 유명한 전민재가 MC로 앉아 있었다.

그의 바로 옆엔 현일이 앉아 있고, 그 바로 옆은 게스트가.

그 옆은 비어 있었는데, 섭외된 가수를 위한 자리였다.

상대 패널에도 자리가 네 개밖에 없는 것을 보니 아마 작사가는 따로 없는 모양이었다.

'강호성이 다 했겠지.'

아쉽게도 명곡의 탄생은 기억하는 게 없었지만, 그럼에도 출연을 결심한 것은 이게 기회라고 생각했기 때문이다.

세상엔 빛을 못 보고 숨어 있는 실력자들이 너무나 많다.

현일은 그들에게도 이 기회를 나누어줄 생각이었다.

혹시 모르지 않은가.

언젠가 그들이 큰 힘이 되어줄지.

또한, 미래의 지식에만 너무 의존하면 뜻밖의 상황이 일어났을 때 대처 능력이 떨어져 버릴 수도 있으니까.

"GCM님은 어떤 음악을 구상중이십니까?"

"우리 팀은 발라드로 갑니다."

"발라드를요?!"

예전부터 지금까지, 그리고 앞으로도 국민 MC로 추앙받는 상대팀 진행자, 유지열이 화들짝 놀랐다.

강호성은 그가 야심차게 모셔온 작곡가.

GCM이란 이름은 대중들에게 EDM으로 각인되어 있다.

설마 현일도 발라드를 쓸 거라곤 상상도 못했을 것이다.

강호성의 눈빛이 흥미롭다는 듯 이채가 서렸다.

그는 '보고 싶다'같은 정통 발라드의 명인.

같은 장르로 대결하게 되었지만, 너무 비슷한 것도 재미없으니 현일은 조금 다르게 가기로 했다.

"미디엄 템포의 발라드입니다."

"오~!"

미디엄 템포는 일반적인 발라드에 비해 멜로디가 빠르고 역동적이기에, 슬픈 가사와는 대조적으로 곡의 분위기가 비교적 흥겨운 게 특징이다.

"그건 십 년 전에나 유행하던 음악이잖아요?"

강호성의 은근한 도발이었다.

"네, 십 년 전에도 참 좋은 노래가 많았거든요."

"십 년 전의 음악을 다시금 살려보겠다 뭐 이런 건가요?"

"네."

"그렇군요. 잘 알겠습니다."

그 외에도 유지열과 강호성이 현일의 팀에 농담 삼아 도발을 하거나 여러 질문을 던졌다.

어디까지나 음악 예능 프로그램이니까.

현일에겐 첫 촬영이었지만, 전민재와 유지열의 주도 아래 녹화는 순조롭게 진행되었다.

그렇게 어느덧 시간이 지나고, 드디어 초청 가수를 공개할 시간이 왔다.

강호성이 데려온 사람은 대한민국의 정상급 R&B 가수인 유성이었다.

"안녕하세요. 유성입니다."

"아이구 유성 씨! 반갑습니다!"

"어서오세요~"

"반가워요."

방청객들과 패널의 게스트도 반가운 얼굴에 함성을 질렀다.

"간만에 얼굴 비추셨는데, 이렇게 되면 또 우리 유성 씨의 대표곡 한 번 안 들어볼 수 없지 않겠습니까. 여러분?"

"와아아아아~!"

"아유, 뭘 또 그런 걸 시키고 그래요 형~"

"유성, 유성, 유성! 유성! 유성!"

과연 국민MC 라고 불리는 이유가 있었다.

자연스럽게 관객의 호응을 유도하는 재치와 유성의 능청스러운 대답으로 서로의 친분을 과시한다.

물론 다 대본이지만 말이다.

유성의 노래가 끝난 뒤, 현일 팀의 차례가 되었다.

"민재 씨는 누굴 데려왔습니까?"

"저희는요. 저렇게 가수의 이름값, 얼굴값에 기대지 않아요."

"아니, '저렇게'의 의미가 뭡니까?"

"우리는 정말정말 실력 있는 분을 모셔왔습니다. 그러나 아쉽게도 잘 알려지지 않은, 어쩌면 누구에게도 알려지지 않은 안타까운 가수들이죠."

"아하."

"정말정말 출중한 실력을 지니고 있는데, 가수가 꿈인데도 데뷔는 하지 못한 너무나도 아쉬운 사람입니다."

"그래서 그게 누굽니까?"

"가이드입니다."

"가이드?"

출연자들은 그 세 글자에 자신이 아는 사람이 있나 재빨리 기억을 되짚어보았다.

그러나 그런 이름의 가수는 그들에게 오리무중, 금시초문이었다.

그러다 강호성이 무언가가 생각났다는 듯 물었다.

"가이드라면 설마 그 '가이드' 말씀이십니까?"

"에이~ 설마~"

"그렇습니다. 자, 소개합니다!"

단 한 번도 TV에 얼굴을 비춘 적이 없던 사람이 이곳에 나왔다.

호감형 인상의 남자.

대부분의 출연자들은 초면인 얼굴에 계속 기억을 되짚어보며 의아해했다.

"김성수, 루나 더 맥스, 이사에 등등 여러 가수들의 보컬 레코딩 가이드를 담당했던 서정현 씨입니다!"

"아아~!"

그제야 사람들은 아는 체를 하며 호응을 했다.

보컬 레코딩 가이드는 가수들이 음반에 실을 음원을 녹음하기 전에 작곡가, 프로듀서 등의 지시에 따라 미리 곡을 녹음해 주는 사람이다.

가수 본인이 직접 작사, 작곡을 하지 않은 이상 MR을 들려줘도 어떻게 불러야 할지는 가수도 모르는 거니까.

물론, 쉬운 곡만 가이드를 하는 건 당연히 아니다.

그만큼 어려운 노래도 부를 수 있어야 하기에 가이드 중에서도 상당한 노래 실력을 가지고 있는 숨은 고수들이 종종 있다.

가이드들은 가수의 꿈을 키웠다가 모종의 이유로 데뷔를 하지 못한 사람들이 대부분이다.

그중에서도 현일은 전생에서 운 좋게 실력을 발휘할 기회가 생겨 이름이 알려졌던 서정현을 섭외한 것이었다.

"서정현이라고 합니다. 반갑습니다."

"그럼 정현 씨. 자기소개 부탁드리겠습니다."

"네. 다들 들으셨겠지만, 여러 가수의 많은 곡들을 가이드 레코딩했었고요. 평소에는 제 개인 학원에서 학생들에게 보컬을 가르치고 있습니다."

"보컬 트레이너신가요?"

"네."

"어! 저도 보컬 트레이넌데?"

유성이었다.

"하하……."

곧 유성과 서정현의 음역대 대결이 시작되었고, 결과는 서정현의 승리.

"아아아~!"

"오오오오~"

3옥타브에서 멈추지 않고, 자신의 한계 음역인 4옥타브 도#을 끝으로 서정현의 고음 인증은 끝이 났다.

"만만치 않은데요?"

"잔뜩 긴장하시는 게 좋을 겁니다."

방송의 진행은 간단했다.

출연자들이 모두 나오면 얘기 좀 하다가 본격적으로 준비한 음악을 꺼낼 시간이 되면 사전에 미리 찍어놓은 영상을 틀어준다.

작곡가와 가수가 곡을 어떤 식으로 만들 것인지 상의하고, 악보에 음표를 찍고, 키보드나 피아노, 기타 등으로 쳐보고, 녹음실에서 녹음하는 장면 같은 것들 말이다.

이내 스크린에는 강호성과 유성의 모습이 나왔다.

―보컬 멜로디는 이렇게 할까? 가~ 나다라~ 마바사아~ 자차카타파~ 하~!!! 나나나나나! 어쩌~고! 저쩌~고!

―이렇게 하면 어떨까요? 가~ 나다라…….

작곡가나 프로듀서가 보컬에게 가사를 어떻게 불러야 할지 가르쳐 줄 때는 그냥 대충 아무 말이나 갖다 붙인다.

그 모습이 옆에서 보면 꽤나 코믹하다.

방청객들에게는 그저 웃고 넘어갈 장면이지만, 작곡가는 그 모습에서 다른 것을 본다.

'강호성도 작곡을 먼저 하고 가사를 쓰는 타입이군.'

보통 보컬리스트의 경우는 작사를 먼저 하고 그에 맞춰 멜로디를 쓴다.

현일은 역시 그 또한 천성 작곡가라는 직감이 왔다.

일단 영감이 떠오르면 되든 말든 무조건 음표를 찍어보거나, 시퀀서부터 켜놓는 그런 타입.

현일과 비슷했다.

'강적이 되겠는데.'

아무튼 다시 녹화 중인 스튜디오 화면으로 돌아와 차례대로 1절씩 노래를 부르고, 방청객 투표를 진행한다.

완창하는 무대는 다음 주 촬영분에 틀어준다.

분량을 확보해야 하고, 완창을 한 다음에는 시청자 투표도 해야 하니까.

명곡의 탄생 프로그램 최초의 공연은 강호성의 곡으로 선정되었다.

"유성 씨의 무대! 큰 박수로 맞아주시기 바랍니다!"

유성이 무대 중앙에 서자, 스튜디오의 불이 꺼지고 반주와

잔잔한 조명이 그를 맞이했다.

♬~

"너를 위해~ 눈물도 참아야 했던~ 내 거침없는 생각과~"

그는 현직 가수를 가르치는 보컬 트레이너라더니, 역시나 그 명성답게 강호성이 어렵게 만든 곡도 무리 없이 소화해 냈다.

'강호성 작곡가가 제대로 준비했는데?'

그저 예능 프로그램일 뿐이라는 마음으로 흔히 음반에 평탄한 곡으로 싣는 그런 수준의 곡을 들고 나오지는 않을까 내심 걱정되었다.

그런데 강호성은 여느 가수의 앨범 타이틀 곡으로 수록해도 전혀 손색이 없을 만큼 고품질의 노래를 만들어 온 것이다.

아마도 이 노래는 유성의 앨범에 수록될 것 같았다.

'강호성도 나 못지않게 진지했구나.'

유성의 노래가 끝나자 현일은 박수를 치며 고개를 끄덕였다.

전생에서는 명곡의 탄생 처음 방송에 아마 강호성도, 유성도 나오지 않았을 것이다.

'잘 쳐줘야 B급 작곡가였겠지.'

그저 평범한 작곡가가 평범한 곡을 만들고 평범한 가수를 데려와 불렀다면 별 이슈도 없이 방송이 묻히는 건 당연지사.

그렇게 될 운명이었던 프로그램에 현일과 강호성의 출연으로 거대한 발 도장을 찍게 된 것이다.

그러니 제작진들은 작곡가 섭외에 매우 신중해질 것이고 현일과 강호성 다음에 출연하게 될 작곡가들도 아주 진지하게 음악 작업을 할 것이다.

그러기 싫어도 이 프로그램의 인기 자체가 그만큼 높아지게 될 테니까.

격주마다 새로운 히트곡을 두 개나 들을 수 있다면 그 누가 솔깃하지 않겠는가.

"그럼 우리 팀의 차례네요."

현일의 말에 전민재가 시청자들에게 감질 맛을 주기 위해 물었다.

"아, 그러고 보니 GCM님과 정현 씨는 방송 출연이 처음이실 텐데, 어떻습니까?"

"떨리죠."

"방송이요? 아니면 노래가?"

"둘 다요. 특히 신곡을 발표하는 순간은 언제나 조마조마합니다."

"그 마음 잘 알죠. 저도 싱어 송 라이터였으니까요. 아마 십 년이 지나도 그러실 겁니다. 하하하하! 민재 씨는 어떻습니까?"

"저도 사실 너무 긴장되지만, 선배님들 덕분에 분위기가 쾌적하네요. 이 자리에 서게 되어 정말 영광이라 생각하고, 특히 저에게 이런 기회를 주신 저희 GCM 작곡가님께 감사드립니다."

"네. 그럼! 대한민국을 강타한 초절정 인기 가수 서정현 씨의 무대를 시작하겠습니다!"

"와하하하!"

전민재의 장난스러운 멘트와 함께 전주가 흘러나왔다.

♬~

노래의 제목은 'Already One Year'.

작사가는 현일과 서정현.

화자가 이별을 하고 나서, 시간이 흐른 뒤에 다른 사람과 행복하고 있는 헤어졌던 연인을 그리워한다는 내용의 노래다.

발라드 노래가 거의 다 그런 내용이지만, 굳이 특이점을 꼽자면 슬픈 가사와는 달리 리듬과 멜로디가 경쾌하다는 것을 들 수 있다.

사실 그런 노래도 적지 않지만.

마이크를 잡은 서정현은 그 옛날, 자신이 참가했던 가수 오디션이 떠올랐다.

청아하고 깨끗한 음색을 가진 그였지만, '대중들이 좋아하지 않는 목소리'라며 매몰차게 자신을 떨어뜨린 심사 위원의 말.

실상은 계약할 사람은 이미 뽑아놓고 진행한 오디션임을 알지 못했기에 그는 그 말을 한 치의 의심도 없이 납득하고 그 뒤로 가수의 꿈을 놓아버렸다.

가수의 노래를 자기가 가장 먼저 부를 수 있다는 것에 만족해야 했다.

그러다 생각지도 못하게 천재일우의 기회가 찾아왔다.

'음색이 너무 고우셔서요.'

현일이 자신을 섭외하겠다고 했을 때, 왜 하필 자신이냐고 되물어봤을 때 현일이 해준 대답이었다.

그리고 알 수 있었다.

지금이 아니면 두 번 다시 기회가 없을 것임을.

그는 어떻게든 자신에게 기회를 준 작곡가에게 보답하고 싶었다.

설사 가수가 되지 못하더라도 이 자리에서만큼은 꼭 이기고 말겠다고 다짐했다.

전주가 끝이 났다.

"아직 며칠밖에 안 지나서 그래~ 얼마 후엔 괜찮아질 거야~ 그 생각만으로 벌써 일 년이 지났지만~"

미디엄 템포인 'Already One Year'는 약 3분 30초 정도로, 일반적으로 템포가 느린 여타 발라드에 비해 비교적 곡이 짧은 편이었다.

이는 사실 의도된 것이었다.

보통 음악 방송에 출연하게 되면 긴 노래는 중간을 잘라 버리고 어떻게든 자연스럽게 이어 붙여서 불러야 한다.

정말 전국적으로 인기가 있는 방송이 아니라면, 방송 시간은 정해져 있는 법이니까.

아무튼, 서정현의 노래가 끝나자마자 출연진들은 감탄사를 연발했다.

특히 전민재가.

"아니, 어떻게 세상에 이런 노래가 있을 수 있습니까?!"

"에이~ 그저 그렇구만."

유지열이 능청스럽게 전민재의 노래를 폄하했다.

그러나 유지열 쪽 패널에 앉아 있는 출연자들의 얼굴엔 긴 장한 빛이 역력했다.

유성은 생각했다.

'저 노래를 내가 부를 수 있다면……'

강호성은 생각… 아니, 말했다.

"간만에 대단한 명곡이 탄생했군요."

그의 표정은 매우 진지했다.

패널의 출연자들도, 관람중인 방청객들도 강호성이 어떤 사람인지, 어떤 노래를 만들었는지 잘 알고 있다.

녹화 초반에 모두 설명했으니까.

그의 입에서 나온 이 발언이 얼마나 큰 파급력을 지니고 있는지도 모두 알고 있었다.

좌중의 눈에 경악이 물들었다.

* * *

쉬는 시간.

흔히 방송에서 결과를 알려주기 전에 중간 광고를 하듯 스튜디오에서도 쉬는 시간을 가졌다.

장장 네 시간을 앉아 있어야 하니까.

잠시 물을 마시고 있는 현일에게 강호성이 다가왔다.

이미 녹화 전에 대기실에서 인사를 나누고 얼굴은 튼 사이였다.

현일이 그를 보았다.

"강호성 작곡가님."

"소문대로 훌륭한 실력을 가지셨더군요. GCM 작곡가님."

"감사합니다. 그래도 작곡가님을 따라가기에는 아직 갈 길이 먼 것 같네요."

"아니에요. 전 아까 그 노래를 듣고 놀랐습니다. 딱 감이 오더군요. 이건 정말로 대박이 날 수밖에 없는 곡이라고."

"그렇게 생각해 주시다니 영광입니다."

현일은 진심이었다.

전생에서 강호성을 본 적이 있기 때문에, 그가 얼마나 칭찬에 인색한 사람인지 잘 알고 있기 때문이었다.

그리고 그가 크게 히트 칠거라고 예상한 곡은 단 한 번도 그 예측이 빗나간 적이 없었다.

"작곡가님은 EDM이 주 장르라고 알고 있었는데, 원래 발라드였습니까?"

"왜 그렇게 생각하셨죠?"

"그 노래는 발라드나 R&B에 손을 대본 적이 없으면 만들 수가 없는 곡입니다. 노래에 작곡가의 경력이 묻어 있다고 할까."

"작곡은 처음이지만, 편곡은 많이 해봤습니다."

"그래요? 어디서요?"

"아마추어 홈 레코딩 카페 같은데서… 뭐, 발라드뿐만 아니라 여러 가지로 이것저것 해봤죠."

현일은 대충 둘러댔다.

역시 강호성이라고 생각하며.

"그렇군요."

그는 미심쩍었지만, 이내 고개를 끄덕였다.

본인이 그렇다고 하는데 별수 있겠는가.

그가 말을 이었다.

"아무튼 결과가 기대되네요. 시간 되시면 녹화 끝나고 술이나 한잔합시다. 얘기라도 좀 하면서."

"네."

*　　　*　　　*

명곡의 탄생 스튜디오.

'제발……'

서정현은 침착한 표정으로 스크린을 보고 있었지만, 마음

속에선 천지가 격변했다.

'Already One Year'는 최고음이 3옥타브 도.

고음 구간이 수없이 반복되지도 않기에 어렵긴 하지만 그가 충분히 커버할 수 있는 음역대의 곡이었다.

하지만 최선을 다해서 불렀다.

유지열이 마이크에 소리쳤다.

"투표 결과는?!"

방청객들은 숨을 죽이고 화면을 쳐다보았다.

잠시 후 떠오른 스크린엔 정확하게 50 : 50이 선명하게 떠올랐다.

그야말로 박빙의 승부.

그러나 강호성은 예감하고 있었다.

자신의 패배라고.

지금의 방청객 투표는 운 좋게 무승부로 끝이 났지만, 방송 후하게 될 시청자 투표에서 점점 표가 갈릴 것이라 생각했다.

일 년 뒤에도, 십 년 뒤에도, 이십 년 뒤에도 'Already One Year'는 불후의 명곡으로 남을 것이란 예감이 들었으니까.

어느 식당.

"하하하! 설마 녹화 첫날부터 50 대 50이 나올 줄 누가 알았겠습니까?"

"그러게 말입니다."

현일은 이영진과 강호성과 함께 식사를 하고 있었다.

강호성 역시 이영진 감독이 직접 섭외한 것 같았다.

그의 PD 인생에서 크게 히트 친 작품은 없지만, 발은 제법 넓은 모양이었다.

셋이 정신없이 서로의 술잔을 채워주던 중, 강호성이 화두를 던졌다.

"그나저나, 그 가이드는 작곡가님이 데려가실 겁니까?"

"그래야죠."

"남의 회사 일에 간섭할 입장은 아니지만, 작곡가님도 아시지 않습니까? 옛날이야 그랬어도 요즘엔 노래 잘한다고 가수가 될 수는 없어요. 대한민국 국민이 오천만인데 노래 잘하는 사람이 어디 한둘인가? 보니까 나이도 조금 있고."

그는 술잔을 비우고 말을 이었다.

"비주얼이 괜찮긴 하지만은, 이제 와서 한 번 떠보기라도 하려면 뭔가 특별함이 있어야 돼요, 특별함이. 얼굴이 배우급으로 잘생겼다던가, 노래를 우리나라에서 제일 잘하든가, 하다못해 스토리 같은 거라도 말입니다. 어릴 때 가정환경이 불우했다던가, 부모님이 가수가 되는 걸 결사반대했다던가."

현일이 턱을 짚었다.

"사연이라… 사연 좋죠. 그런 거야 누구든지 있는 것 아니겠습니까?"

"예, 사연 없는 사람이 어디 있겠습니까. 쯧……."

대답은 이영진이 받았다.

쓸쓸하게 입맛을 다시고 술잔을 들이키면서.

아무튼, 현일은 강호성에게 받은 아이디어를 이용하기로 했다.

그는 지나가는 말로 한 것이겠지만, 말은 어떻게 받아들이느냐에 따라 얼마든지 달라질 수 있는 법.

사실 별거 아닌 이야기도 얼마든지 구구절절하게 각색할 수 있다.

현일이 이영진에게 말했다.

"감독님. 그거 말인데요……."

*　　　*　　　*

대중에게 강렬한 인상을 주는 확실한 방법.

그중에서 하나가 감동적인 스토리다.

—벌써 일 년이 지났지만~

'Already One Year'를 부르고 있는 TV 속의 서정현.

마치 슬라이드 쇼처럼 제작진의 질문과 그의 답변이 적혀 있는 자막이 하단에 떠올랐다.

—Q. 노래를 너무 잘하시는데, 비결이라도 있나요?

—A. 딱히 비결이랄 건 없고, 어릴 때부터 좋아했던 가수의 노래를 많이 따라 불렀다. 그게 전부다.

—Q. 연습실이 있었나 봐요?

—A. 아니다. 가정 형편이 좋지 않아 학원도 다니지 못했었다. 노래는 하고 싶은데 이웃집에서는 시끄럽다고 난리고, 결국 엄마에게 연습실을 구해달라고 조르다가 등짝을 맞았던 기억이 난다.

—Q. 그럼 타고나신 건지?

—A. 그렇지는 않다. 어릴 땐 친구들이랑 노래방 가는 게 싫었다. 항상 나만 키를 한참 낮춰서 부르곤 했으니까. 그게 너무 부끄러웠다. 그래서 우리 동네 뒤편에 작은 산이 하나 있었는데, 매일 새벽마다 정상에 올라가 거기서 노래를 연습했었다.

—Q. 힘들진 않았는지?

—A. 힘들었다. 많이 다치기도 했다. 비가 와도, 눈이 와도 언제나 산에 올랐으니까.

—Q. 보컬 가이드이신데, 명곡의 탄생에 출연하게 된 계기는?

—A. 저희 작곡가님의 도움이 컸다. 옛날에 목소리 때문에 오디션에 탈락했던 저를 음색이 좋다며 섭외해 주셨다. GCM님께 정말 감사드린다.

—Q. 평소 언제 노래를 부르시는지?

—A. 하루 종일. 시도 때도 없이 부르는 것 같다. 기회가 된다면 꼭 가수

가 되고 싶다……

—레코딩 가이드 서정현 인터뷰—

마지막은 그가 예전에 라이브 클럽 무대에 섰던 사진으로 마무리되었다.

＊　　　＊　　　＊

명곡의 탄생 시청자들의 반응은 예상보다 더 엄청났다.

가히 폭발적이라고 할 만했다.

며칠 전까지만 해도 가이드와 예대 입시 준비생들의 보컬 트레이너를 전전했던 서정현이 지금은 음악황제를 제치고 연예계 뉴스 일면에 장식되어 있었다.

훌륭한 노래와 98%의 진실, 그리고 2%의 과장이 각색된, 나름 감동적인 스토리의 시너지가 대중들의 마음을 울렸다.

—와… 저도 노래 잘하고 싶어도 항상 연습할 공간이 없어서 못했는데 산까지 올라가시다니… 대단하네요.

—저분은 꼭 가수되셨으면 좋겠습니다.

—가수만이 아니라 무조건 유명해지셔야죠. 솔직히 우리나라 가수 태반이 저 사람보다 노래 못함.

ㄴ 그건 아님.

ㄴ 팩트임.

ㄴ 아님.

—노래 너무 좋네. 이거 앨범 언제 나옴? 나오면 줄서서라도 꼭 사고 만다.

—제가 개인적으로 유성 열혈팬인데 이번만큼은 2번 찍어야겠네요. 노래가 좋은 것도 있지만 유성은 이미 스타 가수니까. ㅋㅋㅋㅋㅋㅋㅋ

—GCM 작곡가 얼굴 보는 건 이게 처음이네요. 신나는 노래만 잘 만드는 줄 알았더니… 이런 노래도 이렇게 잘 만들 줄이야! 앞으로도 많이 만들어 주세요!

'시청률도 좋다.'

서정현이 후렴구를 부를 때부터 동시 방영 중이던 음악 프로그램을 모두 제쳐 버렸다.

옆에서 보고 있던 이지영이 감탄했다.

"대단하네요! 아직 레코딩도 하지 않은 곡이 이렇게 주목을 받다니!"

"빨리 작업하고 싶어?"

"네! 벌써 몸이 근질근질거려요. 개인적으로 우리 회사 노래 중에 이게 역대 최고인 것 같아요. 새삼 제가 레코딩 엔지니어라는 게 행복해지네요."

"그럼 이제까진 안 그랬단 거야?"

"노코멘트."

"하긴, 뭐든 일이 되면 싫어지는 법이지."

울리는 전화를 받은 현일은 '싫다고 한 적 없는데……'라며 투덜거리는 이지영을 뒤로하고 서정현을 맞이하러 갔다.

현일이 손을 내밀자 서정현이 두 손으로 척 붙잡았다.

"허억… 허억… 감사……."

숨을 헐떡거리는 것이 계약과 관련해 상의 좀 하자는 연락에 부리나케 뛰어온 행색이 역력했다.

"감사… 감사합니다……."

그는 아직 계약도 하지 않았는데 연신 감사를 해댔다.

"자, 자. 물 좀 마시고 어서 녹음하러 갑시다."

"녹음이요?"

"'Already One Year' 녹음을 하셔야 음반을 내죠. 가수되고 싶다면서요?"

"아… 감사합니다. 감사합니다!"

서정현은 거의 완성된 보컬리스트이니, 연예계에만 적응시키면 최고의 가수로 떠오를지도 모른다.

'아니면 공연만 시켜도 괜찮고.'

아이러니하게도 방송에 출연하는 것보다 라이브 콘서트만 하는 게 더 실력파 가수라는 이미지를 만들기가 좋다.

'어느 정도는 사실이기도 하지.'

방송에 출연할 시간에 조금이라도 더 연습에 매진할 수 있으니까.

서정현이 조심스럽게 물었다.

"혹시 그전에 녹음실 좀 둘러봐도 될까요? 한번 보고 싶어서요."

"장비에 관심 있어요?"

"당연하죠. 레코딩 장비 수집하는 게 제 취미라."

"그럼 잘됐네요. 얼마든지 둘러보시죠. 스튜디오급 장비로 이름 날리는 것 중에 웬만한 건 거의 다 있을 거예요."

현일의 말에 서정현은 두 눈을 반짝반짝 빛내며 레코딩 스튜디오로 다가갔다.

뮤지션에게 고가의 장비는 로망이니까.

그는 안으로 들어서자 연신 '와'를 연발하며 감탄을 해댔다.

인터넷에서만 보았던, 꿈에서만 가질 수 있었던 음향 장비들.

엔지니어와 프로듀서라면 모르는 모를 수 없는 것들이 여기저기에 놓여 있었다.

서정현은 유리문으로 된 캐비닛을 열었다.

"아발론 VT—737SP 10주년 에디션이네요… 저희 학원 원장님도 항상 들여놔야지, 들여놔야지… 말만 하던 모델인데……."

"사실 이건 잘 쓰지 않아요."

"예?!"

어느새 다가온 이지영의 말에 서정현은 놀라서 되물었다.

Avalon 737은 마이크 프리 앰프, 컴프레서(음압을 압축하는 이펙터), 이퀄라이저(보컬이나 악기 소리의 특정 주파수를 잘라내거나 증폭하는 이펙터)가 결합되어 있는, 모든 뮤지션들이 극찬을 아끼지 않는 채널 스트립이다.

수백만 원을 족히 호가하는 하드웨어인 만큼 DAW상에서 소프트웨어로 적용하는 이펙터와는 차원이 다르다.

그야말로 뮤직 스튜디오의 머스트 해브 아이템.

그런 물건을 가져다놓고는 잘 쓰지도 않는다고 하니 그로서는 놀랄 수밖에 없었다.

"737도 물론 좋지만, 이걸로는 그냥 EQ로 로우 컷만 해줘요. 대부분은요. 그거 하나만 해줘도 소리가 너무너무 예쁘거든요. 컴프레서는 살짝 반응이 늦어서 잘 안 쓰고, 마이크 프리는 AD2022가 있어서 737에서 바이 패스하고 그걸 사용해요."

AD2022는 같은 회사에서 만들어진 마이크 프리 앰프로 737보다 상위 모델로 알려진 제품이었다.

"오오… 웬만한 대형 스튜디오 못지않은 곳이네요."

"믹싱이나 마스터링 룸에는 여기보다 더 좋은 제품도 있어요. 사실 레코딩이 제일 중요한 건데!"

그녀는 그렇게 말하며 현일을 찌릿 노려보았다.

현일은 퉁명스럽게 대꾸했다.

"시혁이 형한테 빌리면 되잖아?"

"안 빌려줘요."

"왜?"

"…진공관 깨 먹은 뒤로……."

"허… 어쩌다가?"

"옮기다가 떨어뜨려서……."

그녀가 고개를 푹 떨구었다.

"안 빌려줄 만하네."

"크으!"

"그렇게 필요하면 네가 사든가."

"으으으으……!"

"시혁이 형도 맨날 회사에서 택배 받던데."

"이런 장비가 한두 푼 하는 것도 아닌데, 그런 건 회사 자금
으로 사주셔야죠!"

"한두 푼 하는 게 아니니까 함부로 못 사는 거잖아. 그리고
지금 있는 장비면 충분하고도 남는다고."

"진정한 엔터테인먼트 회사라면 각기 다른 회사의 다른 제
품도 들여놓는 게……."

"뭐 하러?"

"더 나은 퀄리티, 다른 사운드를 추구하기 위해서죠."

"사람이 해도 되는 거야."

"그건 힘들잖아요."

"그러니까 엔지니어가 있는 거고."

현일이 이지영의 장난스러운 투정을 받아주고 있는 와중에도 서정현은 번쩍번쩍 빛나는 장비들에 눈이 팔려 정신이 없었다.

현일은 주위를 쭉 둘러보며 이곳이 의미하는 바를 새삼 실감했다.

"신기하네."

"뭐가요?"

"내가 어떻게 여기를 이렇게 만들었을까. 하연이 데리고 쬐끄만 원룸에서 컴퓨터로 가상 악기 찍던 게 엊그제 같은데… 이젠 '여기'도 있고 이런 고급 장비도 있고, 한준석 대표님도 있고… 그리고 팀 3D도 있고."

"히히."

스튜디오에 있는 장비들은 대부분 한준석의 발주로 마련한 것이었다.

살면서 음악에 대한 공부는 거의 한 적이 없을 텐데도 척하면 척, 알아서 필요한 것들을 구비해 주고, 유능한 직원들을 채용했다.

뿐만 아니라 영업과 경영적인 측면에서도 그를 따를 자가 없었다.

현일은 사실상 현재 GCM 엔터테인먼트의 절반은 그의 손에서 이루어진 것이라고 생각했다.

팀 3D의 실력 또한 말할 필요도 없고.

"아, 아, 아, 하나, 둘, 셋."

모니터링 헤드폰을 쓰고 채널 스트립의 노브를 만지작거리며 청음을 해보는 서정현.

"어때요? 성능 좋죠?"

"최곱니다……."

현일은 엔지니어링 룸과 문 하나를 두고 연결되어 있는 녹음 부스를 가리켰다.

"안에 들어가 보세요. 마이크도 좋은 거 있습니다."

"오오오……!"

그는 유리창 너머로 마이크를 보더니 당장 그곳으로 달려갔다.

"이거 노이만 U87 아닙니까?!"

노이만사의 U87 Ai 또한 마찬가지로 업계 표준, 정석, 세계 최고의 녹음용 콘덴서 마이크였다.

그런 물건이 바로 눈앞에 있는데 보컬리스트의 눈이 돌아가지 않을 리가 없으리라.

"네, 보시다시피. 한번 녹음해 보실래요?"

"그래도 됩니까?"

"물론이죠. 어차피 음원 녹음하려면 나중에 쓰게 될 텐데."

그는 그 말에 이제 진짜 가수로 데뷔를 하게 된다는 것이 새삼 실감나 가슴이 벅차 올랐다.

"감사합니다… 이거 정말 써보고 싶었던 건데……."

"그래요?"

"네."

"그럼 집에 갈 때 갖고 가세요."

Chapter 4

Big Life

"네?"

순간 서정현은 현일의 말뜻을 이해하지 못했다.

"하나 드릴게요. U87."

"아, 아니… 저는 그런 뜻으로 한 말이 아니라……."

"사양하지 말고 가져가셔도 됩니다. 어차피 더 있거든요."

그게 어디 더 있다고 막 줄 수 있는 물건이던가.

서정현은 그렇게 생각했지만, 그의 얼굴은 자기도 모르게 함박웃음을 그려내고 있었다.

"저… 정말인가요…?"

"네."

현일은 일말의 망설임도 없이 고개를 끄덕였다.

서정현이 눈앞의 마이크를 보며 눈을 빛냈다.

받아도 되는지, 거절해야 하는지… 짧은 시간 동안 수많은 고민을 거듭했을 것이다.

"이걸 제가……."

"아뇨."

역시.

'그럼 그렇지…….'

조만간 자신의 사장님이 되실 분은 장난을 좋아하시는 분인가 보다.

그는 그렇게 생각했다.

"그거 말고, 나중에 새 제품 박스째로 가져가세요. 그거 쇼크 마운트 조이고 스탠드에 설치하려면 또 귀찮아져서."

"헉! 가, 감사합니다!"

그는 현일의 통 큰 선물에 감격했다.

어차피 사내에 시설 좋은 연습실이 있는데 그걸 집에서 쓸 기회가 얼마나 있을지는 모르겠지만 말이다.

*　　　*　　　*

"근데 왜 갑자기 발라드를 하기로 생각하신 거예요?"

이지영의 물음이었다.

현일은 열심히 노래를 부르고 있는 서정현을 유리창 너머로 흘깃 보고는 대답해 주었다.

"저 가수랑 R&B도 할 거야. 내 이야기를 쓸 거거든."

그 말에 그녀의 눈이 번쩍 뜨였다.

"오빠의 이야기요? 혹시 첫사랑?"

"아니."

"그럼?"

"내 과거."

이지영은 호기심이 가득한 얼굴을 했다.

'그러고 보니 과거 이야기를 한 번도 들어본 적이 없네.'

같이 밥을 먹다가도 물어보면 그저 '힘들게 살았어.'라고 말했을 뿐이었다.

편하게 사는 사람이 얼마나 있겠냐만은.

그녀가 다시 물으려 할 때, 현일이 먼저 말을 이었다.

"내가 사랑했던 사람들, 그리고 사랑하는 사람에 대한 이야기."

"역시 첫사……!"

"아니야."

이지영은 현일이 가장 아끼는 사람이 누구인지 떠올렸다.

"아! 혹시 가족?"

"응."

"그렇군요. 양친은 어떤 일을 하세요?"

그녀는 현일의 동생인 영서가 뭘 하고 있는지 아주 잘 알고 있었기에, 이 물음은 어찌 보면 당연한 것이었다.

"돌아가셨지."

"아… 죄송해요……."

"괜찮아."

이지영이 얼른 유감을 표했다.

'그래서 과거에 대한 얘기를 안 하셨던 거구나.'

이지영은 현일이 왠지 자신이 SH엔터테인먼트에 있던 것과는 비교도 안 될 정도로 고달픈 인생을 살아왔으리라는 느낌이 들었다.

그녀는 숙연해진 분위기에 첫사랑이 누구냐고 물어보려던 질문을 삼킬 수밖에 없었다.

대신 다른 질문을 꺼냈다.

"어떤… 이야기를 쓰실 건가요?"

     *   *   *

―현일 씨?

현일은 오랜만에 정현영에게 연락했다.

자신의 이야기를 자신이 직접 쓰는 것도 좋지만, 정말 불세출의 천재 작가가, 또는 훗날 그렇게 될 자가 자신의 이야기를 써 준다면 그것도 좋을 것 같다는 생각에서였다.

그렇게 생각하자, 딱 떠오른 사람이 바로 정현영이었다.

"네, 접니다. 작가님."

—딱딱하게 그게 뭐에요? 이름으로 불러줘요.

"현영 씨."

—네, 현일 씨?

그녀의 목소리가 조금 더 부드러워진 것 같았다.

"혹시 작사해 보실 생각 있으신가요?"

—노래 가사를요?

"네."

그녀가 '후훗' 웃었다.

—저는 로열티가 비싸답니다.

"괜찮아요."

—……

전화기 너머로도 그녀가 머뭇거리는 것을 알 수 있었다.

현일의 진지하고 엄숙한 말투에 농담이나 하자는 얘기가 아님을 알아챈 것일까.

'역시 눈치 하난 제일인 사람이야.'

아니면 제안을 고민하는 것일지도 모르고.

—그런 건 빨리 말씀해 주셨어야죠…….

"아, 그러시군요. 아쉽게 됐습니다. 그럼……."

—저 미국에 가요.

"일 때문인가요?"

─네. '왕자의 게임' 새 시즌에 시나리오 작가로 참여하게 됐어요. 정말 뽑힐 거라고 생각은 못했지만, 경험 삼아 넣었던 원고가 운 좋게 채택됐어요.

"축하드립니다. 그 유명한 작품을 하게 되시다니요."

'미래가 바뀌었구나.'

그녀에 대한 기억은 별로 많지 않지만, 원래대로라면 미국에 갈 시기가 아직 아니라는 건 알고 있었다.

'내가 만들어줬던 음악 때문일까?'

그녀는 마치 현일의 생각이라도 읽은 듯 대답해 주었다.

─그때 현일 씨가 만들어주셨던 노래… 지금도 정말 잘 듣고 있어요. 어쩌면 죽을 때까지 들을지도 모르겠네요. 하하.

농담처럼 한 말이었지만, 그녀는 진심이었다.

언젠가 자신이 따뜻한 침대 위에서 평온한 죽음을 맞이할 때.

그때에도 그 노래가 방 안에 울려 퍼지고 있으리라.

그녀는 진심으로 그걸 바랐다.

"감사합니다."

─저야말로 감사하죠. 그리고… 미안해요. 도와드리지 못해서.

"아닙니다. 미안할 게 뭐가 있겠습니까? 본인 일이신데요."

─아뇨… 정말이에요. 대신 이런 건 어때요?

"뭡니까?"

—제가 아는 작가를 소개시켜 드릴게요. 일하다가 친분을 갖게 된 사람인데, 되게 실력 있는 분이에요.

"얼마나요?"

어째서인지 그녀가 남을 칭찬하는 모습은 잘 연상되지 않는다.

그렇기에 그 이름 모를 작가에 대한 흥미가 솟아났다.

—시나리오, 소설, 그리고 시까지⋯ 글에 정말 천부적인 재능을 갖고 있어요. 딱 하나 단점만 빼면⋯ 거의 완벽한 사람일 텐데.

"단점?"

—네, 그게⋯ 호색한이라는 소문이 있어서요⋯⋯.

"설마 동성⋯⋯?"

현일이 그런 사람들을 혐오한다거나 하지는 않지만, 왠지 직접 만나기가 조금 꺼려지는 건 어쩔 수 없는 일이었다.

—아! 그런 건 절대 아니에요. 단지 스캔들이 한 번쯤은 날 것 같은 사람이라.

"상관없습니다. 작사가는 크게 이름이 알려지지 않아요. 필명을 써도 되고."

—하기야⋯⋯.

"그나저나 그 작가분 이름이 뭡니까?"

—하재건이에요.

현일의 기억에 있는 사람은 아니었다.

'내가 책과 멀리하고 살았었나……'

어쨌든 지금 시점에서는 딱히 유명한 사람은 아닌 것 같았다.

"그럼 현영 씨 말씀 믿고 만나보겠습니다."

―저… 현일 씨.

"네."

―저 미국으로 갈 때 공항으로 와주시겠어요?

"그럼요."

―꼭이에요? 꼭 와주셔야 해요? 약속하신 거예요.

"네, 약속할게요."

*　　　*　　　*

하재건의 집.

―누구세요?

"GCM 작곡가입니다."

도어폰에 대고 자신을 소개한 현일.

곧 하재건이 현관문을 열었다.

"아, 예. 얘기 들었습니다. 우주지존 하재건입니다."

"…예?"

"제 필명이요."

"아, 하하하."

'…내가 예전에 이런 모습이었을까?'

그의 행색은 부스스했지만, 현일은 그 첫인상을 표정에 드러내지는 않았다.

"들어오세요."

"네, 그럼 실례하겠습니다."

안에 발을 들이니 매콤한 라면 냄새가 코를 자극했다.

"마침 잘됐네요. 라면 끓이던 중이었는데… 드시겠어요?"

"전 괜찮습니다."

"안에 계란하고 청양 고추랑 파도 썰어 넣었는데."

"예, 갑자기 배가 고프네요."

왠지 또 거절하면 하재건이 서운할 것 같아 고개를 끄덕이고 고개를 돌려 주변을 둘러보았다.

'크으……'

집안 구석구석 곰팡이와 거미줄, 먼지가 삼위일체를 이루고 있었다.

노트북이 놓인 책상엔 맥주 캔과 컵라면 스티로폼이 한가득 쌓여 있었다.

다행히 최소한(?)은 지킬 줄 아는 것인지, 책상 건너편은 그나마 깨끗했다.

현일은 가만히 서 있기 무안해 입을 열었다.

"글은 잘되십니까?"

"아니요, 매일 썼다가 지웠다가 하죠."

"주로 어떤 쪽을 집필하시나요?"

"소설이요, 판타지."

"아, 장르 소설."

현일이 알은체를 하자, 하재건이 고개를 휙 돌렸다.

"좋아하세요? 장르 소설."

"옛날 대여점 시절에는 즐겨 봤습니다. 요즘은 잘 없더라고요."

"요즘은 종이책을 잘 안 내요. 출간해 봤자 손해죠. 덕분에 대여점도 죄다 망해 버렸죠. 대여점이 하나씩 없어지니 자연스럽게 책 판매도 줄어들고."

"악순환이네요."

"그래도 뭐, 다행히 웹 소설 시장이 열려서 사실 그때보다 형편이 더 낫긴 해요. 저 같은 사람만 빼면."

"요즘은 그게 유행 아닙니까? 레이드 물."

사람에게 호감을 사는 가장 쉬운 방법.

상대가 흥미를 가질만한 주제로 말문을 트는 것이었다.

"유행하다 못해 넘쳐흘러서 문제죠. 저도 하나 쓰고 있긴 한데… 잘 안 되네요. 다른 작품과는 좀 다르고 독특하게 해야 할 것 같긴 한데, 이미 생각할 만한 건 거의 다 써먹힌지라."

"자신에 대한 이야기는 어떻습니까?"

"누구 굶어 죽으라고."

"그런 일이 없도록 제가 찾아온 거니까요. 저작권료는 집필 활동을 하는 데에만 집중하실 수 있을 정도로 들어올 겁니다."

"그것 참 구미가 당기는 말씀이십니다. 좋아요. 일단 라면부터 먹고 차근차근 얘기해 봅시다."

　　　　＊　　　　＊　　　　＊

'일단 현영 씨를 믿고 온 거니까.'

허겁지겁 라면을 먹어치우고 있는 하재건.

겉으로는 믿음직하지 못했지만, 정현영이 실력 있다고 했으니 필시 그러하리라고 믿었다.

그는 다 비운 그릇과 냄비를 싱크대에 대충 얹어 놓고는 현일을 깨끗한(?) 자리로 안내했다.

"그러니까 가사 말이죠? 노래 가사라… 멜로디는 있습니까?"

"먼저 만들어 드릴까요?"

"일단 습작이라도 써볼게요. 근데 어떤 느낌으로 하면 됩니까?"

"제 인생에 대한 이야기입니다."

"네, 경청하겠습니다."

그 순간, 흐리멍덩했던 하재건의 눈빛이 180도 돌변했다.

현일의 말 한마디, 음절 하나도 결코 놓치지 않겠다는 듯이.

타인의 인생사는 작가에게 있어서 매우 진귀한 소재와도 같으니까.

"제가 어릴 때……."

현일은 자신의 짧고도 긴 역사를 그에게 들려주었다.

회귀나 초능력과 같은 아무도 믿지 못할 이야기는 적당히 함축해서 말이다.

그런데 정작 그는 엉뚱한 곳에 관심이 있는 것 같았다.

"흐음… 부친께서 주식을 하셨던 거군요."

문득 그가 고개를 돌렸다.

현일도 그를 따라 시선을 돌리니 서재에 대충 놓여 있는 두 권의 책 제목이 눈에 들어왔다.

'주식으로 빌딩 세우기.'

'개미굴에서 건물주까지.'

"이제 안 합니다."

그는 오해하지 말라는 듯 말하며 노트북을 열어 한글을 켰다.

"아, 예……."

현일은 눈을 감고 생각에 잠겨 있는 하재건을 가만히 쳐다보았다.

탁.

타닥.

타다다닥.

이내 하재건은 눈을 뜨고 노트북의 키보드를 두드리기 시작했다.

얼마나 지났을까.

그가 노트북을 돌려 현일에게 화면을 보여주었다.

"어떻습니까?"

"음."

그는 갑자기 다시금 노트북을 돌리더니 쓴 것을 전부 지워버렸다.

가사를 이렇게 빨리 쓰는 것도 엄청난 능력이지만, 그 속도에 비해 가사도 나쁘지 않았다.

"괜찮았던 것 같은데……."

"안 돼요. 척 봤을 때 '이거다!'라는 느낌이 들지 않으면."

"원래 그렇게 글이 빠르십니까?"

"네, 이렇게 써서 딱 봤을 때 느낌이 오는 걸 내놓습니다."

과연.

그의 창작의 고통이 얼마나 클지 예상이 되었다.

매일 쓰고 지우고, 다시 쓰고 다시 지우고.

아마 그가 지웠던 글만 모아놓아도 괜찮은 작품 하나쯤은 나오지 않을까란 생각이 들었다.

하지만 그렇게 하지 않는다.

아직은 무명이어도 마음만은 프로이기 때문일까.

"얼마나 걸리겠습니까?"

"저도 잘 모르겠습니다. 음반이 언제쯤 나오죠?"

"두 달 뒤로 잡고 있어요."

"두 달이라."

"시간에 쫓기지 마시고 몇 개월이 걸려도 좋으니 멋진 가사를 써주세요. 여차하면 일단 싱글로 내도 되니까요."

"그럼 쓴 가사는 메일로 보내 드리겠습니다."

"네."

곧 현일이 하재건의 집을 나섰다.

그는 노트북을 바라보며 생각했다.

'내 자신의 이야기… 나도 그런 주제로 써 볼까?'

그가 주로 집필하는 장르는 판타지.

자신의 이야기를 쓰면 소설이 아니라 자서전이 될 것이다.

자신이 살아왔던 기억을 되짚어보니 솔직히 쓸 내용도 없을 것 같았다.

'그럼 내가 살고 싶은 인생을 쓰자.'

그가 바탕 화면 구석 메모장에 제목을 적어 놓았다.

'큰 삶.'

*　　　*　　　*

GCM 엔터테인먼트.

현일이 회사에 도착하자마자 하재건에게서 이메일이 도착했
다.

'역시 빠르네.'

현일은 곧바로 메일을 열어보았다.

——…혹시나 내 이름

벌써 잊었나요

내 아름다운…….

현일은 가사에 맞춰 머릿속에 떠오르는 선율을 흥얼거려
보았다.

'이것도 괜찮은데?'

그 때 또 하재건에게서 메일이 왔다.

——아무래도 조금 전에 보낸 건 별로인 것 같습니다. 다시 보내드립니다.

지금 온 가사도 제법 좋았다.

'아예 작사가로 데뷔해도 되겠는데.'

이 정도 수준의 퀄리티를 유지하면서 쭉쭉 써내려갈 수 있
다면 충분히 A급 작사가가 되고도 남을 터였다.

'하긴, 그러면 꼭 가사가 아니라 뭘 써도 좋겠지만.'

하재건이 행색은 좀 그래도 실력만은 진짜배기 작가가 분명했다.

현일은 그를 소개해준 정현영에게 마음속으로 감사를 표하며 그가 스스로 만족해할 만한 가사를 보내줄 날을 기다렸다.

*　　　　*　　　　*

인천국제공항.

"현일 씨! 여기요."

플랫폼에서 대기 중이던 정현영.

그녀가 현일을 발견하고는 자신의 위치를 알리며 곧바로 다가왔다.

"오랜만이에요. 현영 씨."

"네. 반가워요."

"언제 출항하나요?"

"30분 후에 가봐야 해요."

"많은 얘기는 못 하겠군요. 아쉽지만."

"그럼 현일 씨도 미국으로 오세요."

그녀는 작게 웃었다.

"꼭 가겠습니다."

굳이 리얼리티 드래곤즈 때문이 아니라도 미국엔 사라 테일

러의 일도 있다.

무엇보다 뮤지션의 종착점은 빌보드이니까.

옅었던 정현영의 미소가 더욱 짙어졌다.

"정말이요?"

"물론이죠. 미국엔 얼마나 체류하실 건가요?"

"글쎄요. 일단 1년이나 2년 정도 생각하고 있지만, 어쩌면…
일이 잘 된다면 미국에서 살게 될지도 모르겠네요."

"저는 치킨이 빨리 와야 하는 사람이라."

정현영이 쿡쿡 웃었다.

"정말 와주시는 거죠?"

"네. 그리 오래 걸리진 않을 겁니다."

그녀가 잠시 머뭇거리더니 입을 열었다.

"아, 참. 하 작가는 만나보셨어요?"

"그럼요. 좀 유별난 사람이긴 해도 실력만큼은 좋았습니다."

"도움이 되었다니 다행이에요."

"계속 가사는 써서 주는데 본인이 마음에 안 드신다니
원……"

"다 킵해서 보관해 주세요. 언젠가 분명히 다 쓰일 날이 있
을 테니까요."

"예."

그렇게 그동안 있었던 일을 이야기하다가 어느덧 헤어질 시
간이 되었다.

"하고 싶은 말이 있으면 언제든지 연락해 줘요."

"네."

"시간이 됐네요. 그만 가볼게요."

"하시는 일 부디 잘되시길."

"고마워요. 와줘서."

현일은 정현영이 시야에서 사라질 때까지 그녀의 등 뒤를 바라보았다.

이따금 그녀가 고개를 돌려 시선이 마주칠 때마다 화들짝 놀라며 황급히 다시 앞을 보는 것이 꽤나 귀여웠다.

*　　　*　　　*

—아, 아, 마이크 테스트.

서정현이 흘깃 유리창을 보자 이지영이 엄지와 검지를 붙여 OK사인을 보내왔다.

—아, 아, 아.

—혹시 무슨 문제 있어요?

—아뇨. 계속 듣고 싶어서요. 하하하.

한 번 듣고 두 번 들어도 자꾸만 듣고 싶은 너무나도 깨끗하고 선명한 음질.

그것이 스튜디오 퀄리티였다.

—곧 질리도록 듣게 해드릴게요.

─그럼 부탁드립니다.

곧 이지영이 손가락으로 카운트를 세었다.

손가락이 하나만 남았을 때, 그녀는 카운트를 중단했다.

─잠시만요.

─네.

'음… 두 키만 올려볼까?'

그녀는 장난스럽게 떠오른 생각을 행동으로 실천했다.

잠시 후, 헤드폰에서 반주가 흘러나오고 서정현은 심호흡을 했다.

"후."

이제 첫 소절을 불러야 할 차례.

─처음…….

몇 소절 불러보니 어째서인지 평소보다 살짝 어려웠다.

'긴장해서 그런가.'

음반이 나오면, 정말 정식 가수로 데뷔하는 것이다.

진짜 가수 된 자신의 모습을 상상하며 열과 성을 다해 노래를 불렀다.

후렴구의 평균 음역은 2옥타브 중후반.

최고음은 두 키를 올렸으니 3옥타브 레.

사실 가수들이 가장 무서워하는 공간이 바로 녹음실이다.

보는 사람은 거의 없어도 스튜디오의 녹음실은 거의 완벽에 가까운 방음 및 흡음 시공이 되어 있어서 목소리에 그 어떤 울림도 없는 상태다.

일반 가정집 방에서 목소리를 내는 것과, 녹음실에서 목소리를 내는 것의 차이를 누구라도 확연히 알 수 있을 정도로.

그렇기에 진정으로 그 가수의 본 실력을 알 수 있는 곳이기 때문이다.

하지만 누구든 입을 떡 벌어지게 만드는 우월한 가창력은 녹음실의 흡음성이 오히려 그의 노래를 더욱 돋보이게 만들어 주었다.

그리고 내일 모레 계란 한 판이 될 나이임에도 불구하고 듣는 것만으로도 기분이 좋아지는 맑고 고운 음색이 더해지니 그야말로 금상첨화였다.

이지영은 생에 단 한 번밖에 없을 현장 라이브 레코딩을 듣는 사람이 자신밖에 없다는 것이 너무나도 아쉬울 지경이었다.

―널 기~ 다려어~!

―컷!

서정현이 마지막 소절을 부르자, 이지영은 마이크에 대고 녹음이 끝났음을 알렸다.

"후우……."

그는 정수리를 누르던 헤드폰을 벗자 머리가 지끈거리는 머리를 문지르며 한숨을 내뱉었다.

이지영은 후련한 미소를 지으며 물었다.

"힘드시죠?"

"네… 홈 레코딩할 때는 항상 원 테이크로 녹음했거든요. 실제 스튜디오에서는 장난 아니네요."

"그거 알아요? 우리 스튜디오 역사상 레코딩 최단기록을 달성하셨어요."

"그래요?"

"네. 워낙 실력이 좋으셔서요. 딱 정현 씨처럼 노래 잘하는 사람만 오면 좋을 텐데. 히히."

"에이, 아닙니다. 저보다 잘하는 사람이 얼마나 많은데요."

"꼭 잘하는 사람들은 그렇게 말하더라. 얄미워."

"하하하……."

그는 멋쩍게 뒷머리를 긁적였다.

"그럼 같이 식사라도 할까요? 힘드셨을 텐데 우리 팀 3D 멤버들 소개도 시켜 드릴 겸. 맛있는 거 먹으러 가요. 저희가 대접해 드릴게요."

"아유, 그래주시면 감사하죠."

"네. 가요."

"아, 그런데 음반은 언제쯤 나오나요?"

"그건… 잠시만요. 물어볼게요."

*　　　*　　　*

"그럼 앨범 아트부터 제작 들어가겠습니다."

"네, 그렇게 해주세요."

현일은 음반 기획자에게 계획을 전달하고 서정현의 1집 음반 발매 준비를 시작했다.

'Already One Year'의 녹음은 이제 끝마친 상태.

팀 3D가 마스터링 작업만 끝내주고, 앨범 아트만 확정되면 레이지 레코드에서 언제든지 음반을 찍어낼 수 있다.

현일은 김성재의 작업실로 들어섰다.

늘 보던 대로, 김성재는 묵묵히 자리에 앉아 작업에 열중하고 있었고, 그 바로 옆에서 안시혁이 컵라면을 후루룩거리며 김성재에게 훈수를 두고 있었다.

"야, 야, 야. 그렇게 저주파를 깎으면 어떻게 해? 베이스 하나도 안 들리겠다."

"아오! 인스트 볼륨을 그렇게 키우면 보컬이 너무 뒤로 간 느낌이잖아!"

"아니! 대체 왜 자꾸 보컬 하이를 깎는 거야?"

"음색이 너무 날카롭잖아."

"그러니까 그게 좋은 거라고 이 음알못아!"

현일은 고개를 절레절레 저었다.

엔지니어의 견해와 취향 차이로 사소한 다툼이 일어나는 것은 여러 스튜디오에서도 그리 드문 일은 아니지만, 현일의 눈엔 아무리 봐도 안시혁이 싸놓은 똥을 김성재가 열심히 치우는 것으로밖엔 보이지 않았다.

여태까지의 작업 결과물을 쭈욱 모니터링해 본 결론이 그러했으니까.

"시혁이 형은 또 성재 형 작업 염탐하고 있네요. 늘 그렇듯이. 일 좀 드려요?"

"무슨 그런 섭섭한 말씀을? 마스터링이 얼마나 중요한 작업인데, 난 손을 빌려주고 있는 거라고. 늘 그렇듯이."

"언젠 믹싱이 제일 중요하다면서요?"

"물론 마스터링이 아주아주~ 중요하지만, 믹싱에 비하면 중요도가 살짝 떨어진다는 뜻 아니겠냐."

"근데 왜 성재 형만 헤드폰을 쓰고 있어요?"

"……."

"네?"

안시혁은 자신의 목에 걸어놓은 헤드폰을 검지로 가리켰다.

"이 헤드폰이 좀… 그렇다고 할까."

"뭐가요?"

"고음역대가 강조된 헤드폰이 분명해. 이런 건 엔지니어에겐 독이라고. 앞으로 이 회사 제품은 쓰지 말아야겠어."

보컬이 녹음을 할 때, 엔지니어와 프로듀서들이 작업을 할 때 쓰는 모니터링 헤드폰은 일반적인 음악 감상용과는 다르다.

성능의 차이가 아닌, 용도의 차이.

스튜디오에서는 저음, 중음, 고음 이 셋 중 어느 부분도 강조되지 않은, 흔히 '플랫하다.'고 하는 헤드폰을 써야만 한다.

그래야지만 음원의 음역 간 밸런스를 맞출 수 있으니까.

당연히 더욱 플랫할수록, 가격은 상승한다.

현일은 지금 안시혁이 목에 걸고 있는 헤드폰을 구매하고 자신에게 자랑하던 모습이 떠올랐다.

"아, 네."

"참! 내 정신 좀 봐라. 갑자기 일이 떠올라……."

안시혁은 순간의 위기를 회피하려 했지만, 현일에겐 통하지 않았다.

"형. 그렇게 한가하시면 저 좀 도와줘요. 열심히 하시는 엔지니어님 그만 귀찮게 하시고."

"어떤……?"

"예전에 얘기했던 거 알죠?"

"GCM 뮤직?"

GCM만의 음원 유통 플랫폼의 이름이다.

아직 만들어지지 않아 지금은 가칭일 뿐이지만.

"네. 형 컴퓨터 잘하시잖아요."

"아니, 그냥 어깨너머로 배운 수준……."

"형이 웹 마케팅 및 운영 부서 총괄 책임자예요."

"즉시 착수하지."

안시혁이 비장한 얼굴로 고개를 끄덕였다.

'드디어 임원급 명찰을 다는구나!'

이미 웬만한 대기업 이사급 월급을 받고 있는 그였지만, 정작 임원임을 증명하는 어떤 명칭 같은 건 없었다.

GCM 엔터테인먼트의 믹싱 엔지니어, 작곡가, 때로는 프로듀서가 그의 명칭이었다.

그런 그에게 임직원 직함은 훌륭한 동기부여였다.

현일은 역시 못 하는 게 없는 팀 3D를 데려온 건 신의 한 수였다고 생각했다.

둘은 김성재에게 방해되지 않도록 작업실에서 나왔다.

현일이 입을 열었다.

"형. GCM 뮤직 만들려면 얼마나 걸릴 것 같아요?"

"직원 다 구했다 가정하고 정식 오픈까지 한 달이면 충분할 거야. 자본은 있으니까."

우웅.

현일의 전화기가 진동했다.

음반 기획자에게서 온 메일이었다.

―앨범 아트가 정해졌습니다.

"오, 멋있네."

옆에서 보던 안시혁이 감탄했다.

"일러스트레이터를 고용했거든요. 아무튼, 직원 고용에 플랫폼 개설까지 한 달 안으로. 가능할까요?"

"그건 좀 무리일 것 같은데… 왜?"

"수많은 작사가, 작곡가 지망생들에게 꿈을 심어주기 위해서죠."

"그건 또 무슨 소리야?"

"형은 공들여 만든 곡의 지분을 못해도 80%나 뺏겨 버리는 지금의 시장에 대해서 어떻게 생각해요?"

"썅… 피가 끓지……."

"우리가 어떤 식으로 음악을 유통할 거냐면요."

현일은 사내 자판기에서 뽑은 율무차를 홀짝이고 말을 이었다.

"판매 수익은 우리가 3, 기획사가 7로 나눌 겁니다. 여기서 기획사는 음악을 만든 실질적 저작권자에게 70%를 다시 최소 5: 5의 비율로 나누게 할 거고요. 금융 결제 수수료는 우리가 부담합니다."

여태까지 우리나라의 대부분의 플랫폼은 결제 수수료를 소비자나 생산자가 부담해야 했다.

그것을 바꿀 때가 왔다.

"뭐? 지금까지 생겼다가 순식간에 사라져 버린 플랫폼이 몇 갠데? 이름도 모르는 영세 기획사 노래까지 싹싹 긁어모아도 시원찮을 판국에 GCM 뮤직에서만 우리 노래를 팔면 서버 유지비도 감당하기 힘들 거라고."

"그리고 저작권자의 역량에 따라 비율이 늘 수는 있지만, 줄일 수는 없게 할 겁니다."

"……"

"과연 기획사들이 GCM 뮤직에 곡을 유통하려 할까?"

"이미 BVS 미디어와 MK 엔터테인먼트 외 세 업체는 GCM 뮤직에 모든 곡을 유통하기로 계약했어요."

"다른 곳이야 그렇다고 쳐도, 솔직히 우리끼리 얘기지만, MK 엔터는 김성아 하나 믿고 사업하는 회사 아냐?"

"사실 저도 그렇게 생각해요. 지금까지는요."

Chapter 5
GCM MUSIC

"방법이라도 있는 거야?"

"네, 자본금과 유통. 둘 다 해결할 수 있어요."

"어떻게?"

사람들은 자신이 기존에 이용하던 것을 웬만해서는 잘 바꾸지 않으려고 하는 관성이 있기 때문에 플랫폼 사업은 매우 위험한 도박이다.

플랫폼은 유통 사업.

이용자를 끌어모을 수 있도록 자사의 상품은 무료로 풀고, 다른 생산자의 상품은 최대한 할인해서 준다.

거기서 나오는 손해를 죄다 모아둔 자본금으로 메꿔야 한다.

그 과정에 쏟아부어야 할 총알이 과연 몇 발이나 될까.

백 억?

천 억?

천문학적인 돈을 들여도 손익분기점을 넘기기 힘들고, 넘어도 그때까지 쌓인 손해를 회수하려면 오랜 시간이 걸린다.

차라리 그 플랫폼에서 유통하는 상품을 자체적으로 생산할 수 있는 회사가 그나마 유리하다는 점이 다행이라고 할까.

그렇기에 대기업조차 섣불리 발을 들이지 못하는 것이다.

다만, 리스크가 큰 만큼 성공하기만 하면 평생 손 놓고 있어도 자본이 굴러들어온다.

"'Already One Year'가 인기 있다는 건 증명됐으니, 사람들은 당연히 그걸 찾아서 듣고 싶어하겠죠. 아마 우리 회사 아티스트들이 팔았던 만큼은 팔 수 있을 거예요. 어쩌면 그보다 훨씬 더. 그 돈을 플랫폼에 대거 투자할 거예요."

현일은 '훨씬 더'를 강조했다.

"그걸로 자본금이 메꿔질까?"

"최소 두 배는 더 팔 수 있는 방법이 있어요."

"어떻게?!"

"불법 복제를 막으면 됩니다."

*　　　*　　　*

현일이 오래 전부터 애써왔던 일이 있다.

저작권자의 수익을 암중에서 가로막는 것.

불법 복제.

현일은 어느 순간 문득 생각했다.

복제를 자신의 능력으로 막을 수는 없을까.

우리나라는 아직 저작권에 대한 의식이 깊지 않기 때문에 무언가 특단의 대책이 필요했다.

'됐다!'

그리고 성공했다.

현일은 복사 붙여넣기 한 음원을 재생해 보았다.

—지지지지직.

그저 무손실 원본 음원 파일을 MP3 확장자로 압축시킨 후, 그것을 다시 복사했을 뿐인데도 상당히 귀에 거슬리는 노이즈가 복제된 음원에서 들려왔다.

'설마 이런 걸 듣고 싶어 하는 사람은 없겠지.'

MP3 파일 하나 사는데 500원이면 충분하다.

기껏 동전 하나 아끼기 위해 노이즈를 참는 사람은 없으리라.

원본 음원을 GCM 뮤직 데이터베이스에 업로드해 두고, 내려받을 땐 MP3 확장자로 변환될 테니 거의 완벽에 가깝다.

일종의 음원 DRM이라고 할 수 있다.

'이 정도면… 그 누구라도 정품을 사지 않고는 못 베낄 거다.'

소비자는 정당한 대가를 치르고 상품을 구매하고, 기업은 저작권자에게 정당한 로열티를 지불한다.

기업가이기 전에 작곡가로서의 정당한 권리를 찾는 것.

천성 작곡가.

그게 현일의 기본 스탠스였다.

'그리고 비장의 수단은 하나 더 있지.'

*　　　*　　　*

"와… 대박이네."

안시혁이 입을 떡하니 벌려 감탄했다.

―'Already One Year' 음원 언제 공개하나요?! 제발 빨리 좀. 저 맨날 명곡의 탄생 녹화 버전 듣느라 데이터 다 썼어요 ㅠㅠ

위와 같은 글이 GCM 엔터테인먼트 게시판에 수십 페이지가 넘게 쌓여 있다.

―GCM 뮤직 ? 곧 나옵니다. ^^

그는 답변을 대충해 준 뒤, 부하 직원을 불렀다.

"김 부장님!"

"네, 이사님."

"내일부터 회사 홈페이지에 GCM 뮤직 배너 광고 대대적으로 넣어주시고, 일주일 후에 GCM 가수들 노래부터 올리세요. 파격적인 이벤트도 준비해 주시고요."

"알겠습니다. 그런데 서정현 가수는요?"

"그건 아마 이 주면 될 겁니다. 그때 다시 말씀드릴게요. 모바일은 GCM 뮤직용 어플도 준비하시고 어플 메인 화면 상단에는 스마트폰 화면의 이분의 일에서 삼분의 일 가량으로 크게 보이는 대배너 자리도 만드시고요. 아마 거기에 서정현 가수 광고가 들어갈 겁니다."

"밑에는요?"

"그 밑은 순차적으로 올라온 음악이 보이도록 깔아두세요. 차트 순위는 삼위나 오위까지만 보이게 하시고요."

김부장은 고개를 끄덕이면서도 노심초사했다.

'이거 하루아침에 실업자되는 거 아냐?'

이게 얼마나 위험한 사업인지는 그 또한 너무 잘 알고 있었다.

국내 굴지의 대기업인 SS전자.

그곳에서 전자책을 유통하는 SS북스에서 일했던 것이 바로 그 자신이었으니까.

그야말로 한국의 제일 기업인 SS전자가 만든 전자책 플랫폼조차 아는 사람이 거의 없는 수준이다.

결과는 소리도 소문도 없이 사이트를 폐쇄하고 사업 방향을 돌렸다.

'흠……'

그러나 어쩌겠는가.

회사가 하겠다고 결정한 것을.

*　　　*　　　*

수박 엔터테인먼트.

"뭐? GCM 뮤직?"

"그렇습니다. 과장님."

"그냥 놔둬. 어차피 길어야 몇 달 정도지. 산소호흡기 달다가 조용히 사라질 거다."

"그게… GCM 엔터가 전폭적으로 투자를 하기로 계획한 것 같습니다. 이때까지 번 돈을 전부 쏟아붓는다는 소문이……"

"마음대로 하라지. 그러다 회사 반쪽 나는 거 순식간인데, 아무것도 모르는 젊은 놈들이 경영을 하니까 밑에 사람들만 고생하게 생겼구만. 쯧쯧."

"GCM 엔터의 음악은 이제부터 우리 플랫폼에 유통하지 않겠답니다."

"마음대로 하라고 해……"

그때부터 과장의 귀가 트였다.

"뭣이?!"

그는 자리를 박차고 일어났다.

여태까지 GCM 엔터가 벌어준 돈이 과장 조금 보태서 수박 한 달 매출의 15%는 된다.

반대로 말하면 이제 GCM이 자사의 음악을 수박에 유통해 주지 않으면 월 매출의 15%가 허공으로 없어진다는 뜻이었다.

그는 당장 GCM 엔터에 전화했다.

대리 한 명을 거치자 곧 담당자가 전화를 받았다.

―예. GCM 엔터테인먼트 마케팅 담당 김철용 부장입니다.

"김 부장님! 이게 어떻게 된 겁니까?"

―누구시죠?

"수박 엔터의 최한수 과장이요!"

―아, 예. 최 과장님. 어쩐 일이시죠?

"수박에 음원을 안 주겠다니? 그게 무슨 소리요?!"

―아~ 그거 말입니까? 말 그대롭니다.

"자, 잠깐만 시간 좀 냅시다!"

*　　　*　　　*

김 부장은 전화를 끊자마자 수박 엔터로 출장을 갔다.

'회사 사옥이 생각보다 크지는 않구나.'

사무실 안에서는 대략 스무 명쯤의 인원이 키보드를 두드리거나, 전화를 받거나 하고 있었다.

업계 1위인 수박이 매년 수백 억에서 거의 천 억에 가까운 매출을 뽑아낸다.

그만큼 회사가 클 거라 생각하기 쉽지만, 사실은 그렇지 않다.

음악 기획사에서 음원을 전달받으면 업로드하고, 광고받으면 배너 띄우고, 게시판에 문의글 올라오면 답변해 주고, 전화 오면 전화 받고.

등등의 일을 처리하는 데 많은 사람이 필요하진 않으니 말이다.

하기야 수박은 그저 플랫폼을 운영할 뿐, 달리 연예인을 키우거나 하진 않으니 그리 큰 건물이 필요하진 않을 것이다.

물론 로열 더 케이가 수박을 소유하고 있긴 해도 여전히 운영권은 수박의 대표에게 있다.

사실 웹 부서에 소속 된 김 부장도 수박과 별다를 게 없어 시간이 여유롭기에 잠시 만나자는 최 과장의 요청에도 응한 것이었다.

김 부장은 가까운 카페에서 전화를 하고 있는 최한수를 볼 수 있었다.

최한수는 누군가와 열띤 통화를 하다 김 부장의 얼굴을 보자마자 황급히 전화를 끊었다.

"여기 앉으십쇼."

"많이 바쁘신가봅니다."

"하하하! 아닙니다. 우리 김 부장님 뵙는 것보다 중요한 일이 있겠습니까?"

김 부장의 눈썹이 뒤틀렸다.

'이 인간이 갑자기 왜 이러지?'

아까 전화할 때만 해도 당혹감을 금치 못하던 사람이 웬 아부를 떨어대고 있으니 김 부장은 황당할 따름이었다.

'크으… 대표님의 말씀만 아니었어도!'

물론 최한수에게도 나름의 속사정은 있었다.

'크흠, GCM 뮤직이……'

'아! 옙! 무조건 성사시키고 오겠습니다!'

'음. 자네만 믿겠네. 알지? 15%야.'

'맡겨만 주십쇼!'

왜 그런 쓸데없는 짓을 했을까.

그는 승진에 눈이 멀었던 자신의 방정맞은 입술을 때리고 싶었다.

김 부장이 말했다.

"그래서, 결국 하고 싶은 얘기가 뭔지는 알겠습니다만, 전 아무것도 해드릴 수 있는 게 없습니다. 이미 제 손을 떠난 일이고요. 제 의사대로 할 수도 없는 일입니다."

"그거야 부장님께서 위쪽에 잘 말씀드리면 되는 것 아니겠습니까? 한 달 동안 GCM 소속 가수의 광고만 주르륵 깔아드리겠습니다."

"글쎄, 안 된다니까요."

"에이! 통 크게 쏘겠습니다! 3개월 어떻습니까?!"

"1년을 해줘도 안 됩니다."

"그럼 원하는 게 대체 뭡니까?"

"저도 모릅니다. 그쪽 대표와 우리 쪽 대표가 직접 상의해야 할 부분인 것 같네요."

최한수는 목소리를 짐짓 낮추며 조심스럽게 물었다.

"아뇨, 그게 아니라요."

"예."

"큼, 크흠. 부장님이 원하시는 게 뭔지 물어본 겁니다."

그는 씨익 미소를 지어보이며 말을 이었다.

"그거 음원 몇 개 전달해 주는 게 솔직히 어려운 일은 아니잖습니까? 그거만 해결해 주시면 나머지는 우리가 알아서 잘 팔아드리겠습니다."

김 부장이 헛웃음을 지었다.

"말도 안 되는 소리."

남의 회사 노래를 자기들 마음대로 팔겠다니.

가당키나 한 말인가?

"어차피 곡당 계약도 아니고, 기간 계약 아닙니까? 계약 기간 내이기만 하면 GCM의 노래를 우리도 얼마든지 팔 권리가 있습니다."

"알아서 잘해보십쇼."

"잠깐만요! 어어어?!"

김 부장은 더는 말하기 싫다는 듯 잽싸게 자리에서 일어났다.

'나보고 GCM 엔터테인먼트를 배신하라고?'

SS가 시간과 예산을 조금만 더 줬다면 분명히 성공시킬 자신이 있었다.

하지만 누구도 그의 말을 귀담아 듣지 않았다.

SS북스가 망했을 때, 모두가 실패자라고 손가락질 했을 때 자신을 받아준 유일한 회사가 바로 GCM이었다.

그런데 어떻게 그런 회사의 뒤통수를 치는 짓을 할 수 있겠나.

김 부장은 이미 충성스러운 직원이었다.

*　　　　*　　　　*

GCM 엔터테인먼트.

"오… 오오오오……!"

안시혁은 현일의 가공할 스킬에 감탄하고 있었다.

"어떻게 이럴 수가?!"

복사를 하면 음질이 심각하게 열화되는 DRM이라니.

이건 세상에 전례가 없는 엄청난 기술이었다.

"이거면 되겠죠?"

"두말하면 잔소리지! 이거면 전 세계 뮤지션들이 GCM 뮤직에 음원을 유통하고 싶어서 난리일 거다! 대체 어떻게 한 거야?!"

"영업 비밀이에요, 형."

"쳇."

"아무튼 그게 중요한 게 아니고, 지금 GCM 뮤직 반응은 어때요?"

그 물음에 안시혁은 뿌듯한 얼굴로 자신 있게 말했다.

"벌써 회원 수가 이십만을 넘었다. 음원 런칭하면 못해도 일주일 안에 백만 명은 더 가입할 것 같아."

회원이 아니면 음원을 다운받을 수 없으니까.

"광고는요?"

배너 광고.

이쪽의 수입도 절대로 무시할 수 없다.

"국내는 MK 엔터를 우선적으로 걸어주고, 메이저 기획사는 없어. 아마 SH는 영원히 안 오겠지. 그 외엔 아직 중소 기획사들뿐이야. 해외는 일단 리얼리티 드래곤즈밖에 없네."

현일은 고개를 끄덕였다.

사실 리얼리티 드래곤즈도 저번의 친분 때문에 멤버들이 직접 요청한 것이지, 그쪽 레이블이 먼저 손을 내민 것은 아니었다.

"그 정도면 선방이네요."

"아직은 보여준 게 없으니까."

"네, 아직은요. 아직은."

띠링!

하고 모바일 어플이 전국의 회원들에게 알림을 날렸다.

드디어 GCM 뮤직이 정식으로 오픈했음을.

"자, 어서 가입해라 어서!"

안시혁은 GCM 뮤직에 법인 계정으로 로그인하여 실시간으로 오르는 회원 수를 즐겁게 감상하고 있었다.

"어서 가입을 하고 결제를 하란 말이야! 으하하하하!"

실제로 가입한 사람들이 평균 1분 이내에 GCM 가수들의 곡을 구매하는 것을 보며 그의 입이 귀에 걸렸다.

많이 팔리면 팔릴수록 GCM의 주가는 상승할 것이고, 그럴수록 입사할 때 배당된 주식이 멋들어진 기타를 선물해 줄 테니까.

그 주식의 절반은 예전에 아는 사람에게 진즉 팔아버렸지만 말이다.

'배너 클릭률도 좋다!'

회원의 70% 이상이 배너를 열람하고 있었다.

물론 배너를 클릭하면 주는 500골드로 노래 하나를 무료로 다운받을 수 있기 때문이긴 하지만.

'그래도 이 정도면 배너 커미션이 엄청나게 들어올 거야.'

얼마까지 가능할까.

일주일에 천만 원?

아니면 하루에 천만 원?

'어쩌면 시간당 천만 원까지 갈 수 있을지도 모르지!'

그 정도면 국민 포털 사이트 '네버'의 메인 배너 수준이지만 안시혁은 못할 것도 없다고 생각했다.

비록 그 돈이 자신의 주머니로 들어가는 건 아니지만, 그만큼 GCM 뮤직이 성장하는 모습을 상상하면 제법 뿌듯할 것 같았다.

어찌됐든 그가 첫 번째로 책임지게 된 부서이니까.

*　　　*　　　*

―그럼 음반은 내일부터 찍는 걸로 하겠습니다.

"네, 부탁드립니다."

―그럼 수고하세요.

현일은 한준석과 연락해 서정현의 1집 싱글 앨범 발매의 준비를 시작했다.

통화를 끊고 나서 서정현에게 다가갔다.

"작곡가님?"

"지금 시간이 됐을 겁니다. GCM 뮤직에 들어가 보세요."

"네."

그는 곧바로 모바일 어플에 접속했다.

선글라스와 멋들어진 정장을 빼입은 서정현의 콘셉트 사진이 GCM 뮤직 PC와 모바일 홈페이지 상단에 대문짝만하게 걸려 있었다.

서정현은 보정이 너무 많이 들어간 게 아닌가 싶으면서도, 보고 있자니 무척 기분이 좋아졌다.

몇 초가 지나니 슬라이드 쇼처럼 서정현의 배너가 옆으로 치워지고 맥시드가 나타났다.

'이제 진짜 가수가 된 거야.'

그것도 맥시드 같은 톱스타와 어깨를 나란히 하는 가수!

'…가 될 수 있을까?'

아무튼 이제부터 저작권료도 받고, 행사도 뛰다보면 언젠가는 조금씩 헤져 있는 옷, 그리고 퀴퀴한 곰팡이 냄새가 나는 월세 원룸과도 안녕이다.

"이제 진짜 가수가 되셨네요. 축하드립니다."

"하하하… 기분은 좋은데 아직 실감이 잘 안 나네요."

그는 살짝 쑥스러워하며 뒷머리를 긁적였다.

"다음 달에 통장 내역을 보시면 실감이 나실 거예요. 하하하하."

서정현도 작사에 참여했기 때문에 저작권료를 적잖이 받을 수 있을 테니까.

그가 조심스럽게 물었다.

"그… 저작권료는 어느 정도가 들어오나요?"

"곡 하나에 오백 원이니까 십만 명이 'Already One Year'를 구매한다고 치면 매출이 오천만 원, 정현 씨는 이십 퍼센트의 저작권을 가지고 있으니 세전 천만 원 정도 받으실 거예요."

"그렇군요."

"지금 이벤트로 사람을 끌어모으고 있으니 아마 그것보다 많을 겁니다."

"그랬으면 좋겠네요. 그런데, 다음 곡은 언제 작업하고요?"

"그거는……."

우우웅.

현일은 설명을 멈추었다.

스마트폰을 꺼내면서 그에게 양해를 구했다.

"잠시만요. 중요한 일일 수도 있어서."

"네, 물론이죠."

하재건의 연락이었다.

─작곡가님. 드디어! 마침내! 결국! 수많은 각고와 제 거친 생각과 불안한 눈빛과… 끝에 가사를 완성했습니다. 이제 절대로 바꾸는 일은 없을 겁니다.

수많은 미사여구와 함께 도착한 이메일.

현일은 당장 어딘가로 전화를 걸었다.

―네, 작곡가님.

"한 사장님. 앨범 아직 찍으시면 안 됩니다."

*　　　*　　　*

"즐겁고, 신나고, 재밌고… 활기찬 야근이네."

이지영이 투덜거렸다.

오늘 낮에 하재건에게 가사를 받은 현일은, 미친 듯이 작곡을 시작했다.

그리고 팀 3D가 딱 퇴근하는 시간에 완성을 해버린 것이다.

'그러고 하는 말이 뭐? 일주일 안에 음반에 넣을 수 있게 해달라고?'

서정현의 1집 싱글 앨범에 같이 수록할 수 있도록.

못할 것을 시키는 건 아니다.

단지 임원이라는 직함을 달고 오랜만에 친인척들 앞에서 어깨 좀 펴보나 했는데 야근이라니.

'신인을 배출할 때마다 야근은 거의 전통이 돼버렸어.'

차라리 작곡이 한 달 정도 걸렸으면 좋았을 것을.

하지만 그럼에도 노래 자체는 너무나도 좋았다.

가사도, 멜로디도.

─보이시나요.

들리나요.

내 말들이.

가슴속에 맺힌…….

'눈물 나오게 좋잖아… 크흐윽…….'

너무 좋다.

한시라도 빨리 이 노래를 부르게 될 서정현을 녹음실로 끌고 와 당장에라도 레코딩을 시작하게 만들고 싶을 정도로.

자신의 손으로 이 곡을 더욱 더 완벽하게 만들고 싶은 열정이 없다가도 생겨났다.

'까짓 거 일주일을 불태워 주겠어.'

일주일 후.

"마침내!"

서정현의 두 번째 곡인 'Do You Know'가 완성되었다.

시간이 촉박하다고 애매한 부분을 어벌쩡 넘어가지 않았다.

회사에서 먹고 자는 생활이 지속되었다.

그리고 지속되는 GCM 뮤직의 이벤트.

—무려 'Already One Year'를 사면 'Do You Know'가 공짜! (단, 이벤트로 받은 500골드로 구입한 경우에는 해당되지 않습니다.)

　—기다리니까 무료! 일주일만 기다리고 배너를 클릭하시면 GCM 뮤직의 모든 곡 중 하나를 공짜로 다운 받으실 수 있습니다! (단, 최신 곡 제외.)

　GCM 소속 가수의 곡뿐만 아니라 타 기획사의 노래도 마찬가지다.

　심지어 무료로 받은 것도 타 기획사에 매출로써 정산을 해준다.

　언제까지?

　영원히.

　물론 기다리니까 무료 이벤트는 참가할 수 있는 T/O가 정해져 있다.

　지금이야 대부분의 기획사가 눈치만 보고 있는 상태지만, 나중엔 참여하고 싶어서 안달이 될 것이다.

　'지난 생에서 점유율을 점점 잃어가던 수박이 도박성으로 이 이벤트를 시작했었지.'

　그 이후로 수박은 총 회원 수 3,800만 명, 유료 회원 수 670만 명이라는, 그 어떤 플랫폼도 뛰어넘을 수 없는 압도적인 점유율을 자랑했다.

　처음엔 GCM 식구들 대부분이 이 파격적인 이벤트에 기겁했다.

하지만 역시 이런 쪽으로 뛰어난 안목을 가진 한준석의 적극적인 찬성으로 이 이벤트는 시행되었다.

몇 년 동안 다른 플랫폼을 써왔어도, 일주일마다 주기적으로 GCM 뮤직을 방문하게 만들어 결국 GCM 뮤직에 익숙해지게 만드는 전략이다.

그리고 다른 플랫폼보다 백 원이 싸다.

'벌써 오십만 명이야.'

그렇게 GCM 뮤직은 이용자를 미친 듯이 긁어모으기 시작했다.

이벤트에 또 이벤트!

—와 가입해서 1,000골드 받은 걸로 개이득ㅋㅋㅋ 그러고 있었는데 AOY 사니까 DYN 공짜로 얻음;; 심지어 일주일 기다리면 노래를 하나 또 준다고? ㅁㅊㄷ ㅁㅊㅇ;;

—저도 AOY샀는데 갑자기 서정현 앨범 사인본 당첨됐다네요. 이거 뭐지? ㅋㅋㅋㅋ

—버그에 충전해 놓은 캐시가 아깝다. ㅡㅡ 다른 데는 이런 거 안 하나?

ㄴ 그냥 속 편하게 님도 여기로 갈아타시죠? 전 이미 주위 사람들한테 다 GCM 뮤직 깔으라고 강요하는 중 ㅋㅋㅋㅋ 수박 ㅂㅂㅇ~

—아직 노래가 많지는 않네요. 얼마나 빠르게 노래를 긁어모으느냐가 흥망의 기점이 될 듯.

—근데 다 좋은데 무손실 음원은 어떻게 받나요?

'그러게?'

GCM 뮤직을 모니터링하고 있던 안시혁은 댓글을 보고 자신도 궁금해졌다.

무손실 음원이란 스튜디오에서 녹음 후, 마스터링까지 끝마쳤을 때 완성된 결과물 그대로의 음원을 말한다.

24bit(음량의 세밀도), 192KHz(초당 샘플링 레이트)의 CD보다 월등한 스튜디오 퀄리티.

일반적으로 MP3는 16비트에 44,100Hz, 320Kbps(초당 용량) 정도의 성능이 보편적이다.

무손실 음원은 FLAC 코덱을 대표적으로 이용하는데, GCM 뮤직에서는 그것들의 재생은 지원하지만, 다운로드는 불가능하다.

데이터베이스에는 무손실 음원이 있지만, 다운 받을 땐 손실 압축된 MP3 확장자로만 받을 수 있었다.

'이건 다른 플랫폼에 비해 뒤떨어진 시스템인데.'

네버, 수박, 버그 모두 현재 무손실 음원을 서비스하고 있으니까.

MP3보다 약간 비싸긴 하지만.

그는 곧 현일에게 물어보았다.

"현일아, 무손실 음원 서비스가 없는데?"

안시혁은 당연하게도 실수로 빠뜨린 것이라 생각했다.

고품질 음원의 수요는 적지만 꾸준히 있었고, 그걸 조금 더 비싼 가격에 팔 수 있으면 회사 입장에서도 이득이니까.

하지만 현일의 대답은 달랐다.

"네, 그런 거 안 해요."

"뭐?! 왜?!"

"무손실 음원? 그런 거 아무짝에도 쓸모없어요."

"어째서?!"

"형, 평소에 어떤 걸로 들어요? 무손실 파일?"

솔직히 안시혁의 폰에도 무손실 음원은 단 하나도 들어 있지 않았다.

"그, 그렇긴 하지만!"

"손실 음원이나, 무손실 음원이나… 단언컨대 요만큼도 차이를 못 느껴요, 사람의 귀는."

"나 아는 사람은 느낀다던데?"

"혹자는 귀가 예민하거나, 고가의 뛰어난 오디오 장비로 재생하면 차이가 느껴진다고들 하는데… 그거 다 플라시보 효과거나 그냥 허세예요. 진짜 확신할 수 있어요."

"지… 진짜 차이 난다던데……."

"정 그러면 그분 데려와 보세요. 블라인드 테스트해 볼까요? 여기 있는 장비로. 저는 과학과 통계를 믿어요."

"음……."

"하지만 뭐… 무손실 음원을 서비스하지 않는 이유에 대해서는 소비자들에게 납득시키는 게 좋겠네요."

그걸 서비스해서 비싸게 판다?

물론 나쁘지 않다.

하지만 그렇게 해버리면 불법 복제를 막을 수 없게 되니까.

'실제로 그런 점 때문에 버그 뮤직이 뒤집어진 적이 있었지.'

음원 유통 플랫폼이 무손실 음원을 업로드 하는 방식은 두 가지가 있다.

직접 시디를 사서 음원을 추출하거나, 기획사에서 직접 전달받는 것.

당연히 인간의 귀로는 MP3와 FLAC의 구분을 할 수 없기에 버그 뮤직은 모양만 FLAC이고 실상 음질은 MP3인 파일을 둔갑해서 비싼 가격에 팔았다가 사람들에게 들켜 소송에 휘말린 사건이 있었다.

사실 그건 버그 뮤직의 잘못이 아니라 음원을 전달했던 기획사의 잘못으로 판결이 났지만 말이다.

날마다 전 세계에서 음원을 전달받는 숫자가 얼만데 어떻게 그걸 일일이 다 확인할 수가 있겠는가.

'그런 일이 생길 바에야 애초에 팔지 않는 것이 나아.'

           *   *   *

다음 날, GCM 뮤직의 홈페이지에 공지 사항이 떴다.

—저희 GCM 뮤직은 무손실 음원을 제공하지 않습니다.

다소 자극적인 제목.

일부 하드 코어 음악 소비자들은 발끈했다.

"뭐라고?!"

쾅!

총 2,890만 원 상당의 오디오 시스템을 집 안에 구축하고 있는 인천광역시 남동구의 양 모씨가 책상을 내리쳤다.

공지 사항의 내용에는 인간의 귀는 256Kbps 정도의 음질 이상은 구분할 수 없다는 과학적 자료, 그리고 전 세계의 내로라하는 음향 엔지니어들을 초청해 블라인드 테스트를 실험한 통계 결과의 기사가 링크되어 있었다.

"참 나… 내가 그걸 구분을 못 할 것 같아?"

[256Kbps이상의 MP3 파일과 무손실 FLAC 코덱, 구별 불가능해.]

—독일의 아폴론 스튜디오는 96Kbps부터 1400Kbps의 CD급 음원을 현직 엔지니어와 프로듀서, 팝 가수들에게 무작위로 재생해 주었지만 평균 92%의 오답률을 보였다.

"조작이야! 조작!"

사람들은 댓글로 저들끼리 그렇다 아니다 신나게 논쟁을 벌이다가, 현역 엔지니어의 등장으로 결국 무손실 음원은 구분할 수 없다는 쪽으로 결론을 내렸다.

"현역 엔지니어? 웃기시네. 인터넷으론 나도 맥스 마틴이다!"

만드는 타이틀 곡마다 항상 빌보드 차트에 이름을 올렸던 프로듀서 겸 작곡가의 예명.

정말로 그가 맥스 마틴이긴 했다.

인터넷에서 쓰는 닉네임이.

아무튼 그는 통계를 믿지 않았다.

자신의 귀를 믿었다.

그는 자신의 보물들로 같은 음악을 MP3 파일과 FLAC 파일을 각각 50번씩 무작위로 재생해 보았다.

총 100번의 재생.

100번 다 틀리고 나서야 그는 키보드 워리어 짓을 포기했다.

한편, 부산에 거주하고 있는 원 모 씨.

그는 불법 복제 콘텐츠 제작에 앞장서고 있는 인물이었다.

드라마, 영화, 음악, 게임, 도서, 컴퓨터 소프트웨어 등등 수요가 있는 데이터라면 뭐든 가리지 않고 인터넷 사이트에 공유하는 헤비 업로더였다.

업로드를 한다고 누가 돈을 주는 것도 아니지만, 직장도 없고, 아무것도 할 줄 아는 게 없는 그에겐, 타인이 공들여 만든 저작물을 업로드해서 다운로더들에게 칭찬을 받는 것이 유일한 인생의 낙이었다.

원 모 씨는 대중음악이라는 것에 관심이 있는 편이 아니었지만, 어쨌든 업로더로서의 책무를 다하기 위해 GCM 뮤직 가입 이벤트로 받은 골드로 요즘 한창 인기라는 'Already One Year'를 다운받아 공유 사이트에 올렸다.

그런데.

—이거 음질이 왜 이러죠?

—음질 개쓰레기네요;;

ㄴ업로더의 인성을 반영한 듯 ㅋ

ㄴㅇㅈ 이 업로더 예전부터 인성 개차반으로 유명했음.

—업로더야. 올리기 전에 확인 안 하냐? 이딴 거 올릴 거면 그냥 하지 마라. 응?

'뭐야, 이 악플러들은?'

분명히 공식 사이트에서 받은 정품이었다.

올리기 전에 호기심에 들어보고, 무심코 흥얼거려도 봤다.

"이 새끼들이?"

그걸 그대로 올린 건데 음질이 개쓰레기라니?

"오냐, 싫으면 다운로드 하지 마라."

그는 댓글을 단 다운로더들을 하나하나 정성들여 블랙리스트에 추가했다.

이러한 사태는 인터넷 공유 사이트 방방곡곡에서 발생하고 있었다.

* * *

제목: GCM 뮤직에서 다운받지 마세요.

파일에 노이즈 잔뜩 있습니다. 신장개업한 사이트인데 폭삭 망할 듯 ㅋㅋ

—검거 완료.

—정품을 쓰세요 ^^

—ㅇㅇ 너 같은 복돌이는 못 듣게 해놨음. ㅗ

—네~ 다음 수박 직원.

'이 자식들이?'

최한수 과장은 당황했다.

'어떻게 알았지?'

현재 수박에서는 GCM 뮤직에 대한 험담을 여러 곳에 늘어

놓고 있었다.

네거티브 마케팅.

경쟁자를 의도적으로 깎아내려 자사의 이용자를 유치하는 치졸한 전략이었다.

워낙 오래전부터 암암리에 해온 일이기에 양심의 가책 같은 것도 없었다.

'호언장담할 땐 언제고 이제 와서 뭐? 방법이 없어?!'

수박 대표의 호통이 떠올랐다.

'이번엔 진짜 뭐라도 보여줘야 한다!'

언제 모가지가 날아갈지 모르는 상황.

아직은 GCM 가수들의 예전 음악이 매출의 15%를 버텨주고 있지만, 그것이 언제까지고 매출을 잡아줄 수 없는 노릇이다.

벌써 하루 회원 접속률은 점점 떨어지고 있고 말이다.

'기다리니까 무료? 대체 이딴 출혈 이벤트를 왜 하는 거야?'

확실히 유저 뺏어가기엔 탁월한 이벤트였다.

그는 한국의 현 3대 플랫폼인 네버 뮤직과 버그 뮤직의 유통 담당자에게 연락을 취했다.

'특단의 대책이 필요해!'

*   *   *

네버 뮤직의 김진석 과장.

버그 뮤직의 소재석 팀장.

그리고 수박의 최한수 과장.

3대 플랫폼의 실무 담당자들이 한자리에 모였다.

최한수가 입을 열었다.

"요즘 GCM 뮤직이 우리 자리를 뺏어가고 있는 건 아시죠?"

"기다리니까 무료 이벤트의 파급력이 그렇게 대단하다는 소문이 있더군요."

대답은 김진석에게서 나왔다.

"매출이 기본 두 배, 세 배로 뛴다나 뭐라나."

"기획사의 매출이요?"

"아뇨… 기획사에서 기무 이벤트에 넣을 가수를 선정하고, 그 가수의 곡만 일주일에 한 곡씩 무료로 주는 겁니다. CL에서 시험 삼아 박희신을 넣었는데, 옛날 초기 앨범이 엄청나게 팔려 나갔다고 하던데요."

"무료인데요?"

"한 곡씩 무료로 던져주면서 다른 노래를 결제하게끔 유도하는 거죠. 일주일을 또 기다리기는 애가 타니까."

"허……."

"MK 엔터는 GCM 뮤직에 음원을 독점 공급하기로 했다는 소문이 있습니다."

"정말입니까?"

"그냥 들은 거예요, 들은 거."

소재석은 애매하게 표현했지만, 둘은 깨달았다.

어쩌면 모든 기획사가 GCM 뮤직을 중심으로 돌아가게 될지도 모른다는 것을.

"그러니까! 그 말도 안 되는 이벤트를 하지 못하게 해야 합니다!"

"무슨 수로? 여태껏 GCM 엔터가 요청하는 대로 해주는 거 봤어요?"

최한수는 열불을 내며 스마트폰을 조작하고는 어딘가에 접속했다.

그리고 둘에게 화면을 보여주었다.

"이거 안 보이십니까?"

"제 눈 멀쩡합니다."

"GCM 뮤직이잖아요. 그게 뭐가 어떻단 거죠?"

"여기 상단에 화면의 절반이나 차지하고 있는 메인 배너를 보십쇼. 그래도 모르겠습니까?"

최한수의 질문에 나머지 둘은 고개를 갸웃했다.

"그냥 광고 쪽을 밀어주려는 거겠죠."

"그렇지만, 조금 다릅니다. 기존 플랫폼들처럼 음악의 순위는 한참을 찾아야 보이고, 메인 배너 밑에는 또 작은 배너들이 들어서 있어요. 그러니까, 딱 GCM 엔터가 갑질하기 좋은 구조로 디자인되어 있다는 겁니다."

"참… 무슨 말을 하나 했더니… 그것도 유저가 압도적으로 많아야 가능한 거죠."

소재석의 반응은 시큰둥했다.

"버그 뮤직은 위기감도 없습니까?"

"고작 플랫폼 하나 새로 나온 거 가지고 위기감은 무슨? 그리고 우리 회사 자체가요, 대표님이 이미 배가 많이 부르셔서 남이 뭘 하든 별로 신경을 쓰지 않으셔요. 사업 망하면 벌어놓은 걸로 먹고살면 된다고 하시는 분인데."

"그럼 여기 나온 이유가 뭡니까?"

"그냥 술이나 한잔하자고 부른 줄 알았지, 뭘."

"……"

최한수는 슬쩍 김진석을 쳐다보았다.

"사실 우리도 거기 이벤트 벤치마킹 중이라."

'이런……'

그는 머리가 지끈거렸다.

"그걸 하겠다고요?"

"하면 안 되는 이유라도 있습니까?"

"그건 명백히 출혈 경쟁이에요. 언젠가는 모든 가수들이 그 이벤트를 넣자고 할 거고! 그러면 결국 수많은 노래를 공짜로 뿌려야 한다는 얘긴데!"

"흠… 일단 지켜보고."

소재석이 끼어들었다.

"애초에… 이벤트도 이벤트지만 가수들이나 기획사나 지금 GCM 뮤직에 음악을 공급하려고 하는 이유는 그게 아니에요."

"그럼 뭔데요?"

"DRM 때문입니다."

최한수는 뒤통수를 망치로 얻어맞은 기분이었다.

"맞아……."

"아시다시피, 대체 무슨 수를 쓴 건지는 몰라도 GCM 뮤직의 곡들은 복사가 안 됩니다."

"정확히 말하면 복사가 되기는 하는데, 아무도 안 듣겠죠."

"네, 음질이 심각하게 저하되니까요. 차라리 그 기술을 특허라도 내면 로열티를 지불하고 쓸 텐데, 영원히 자기들이 독점할 생각인지 그러지도 않고 있어요."

"거, 내가 말했잖아요. GCM 뮤직이 한자리 차지하는 건 자연스러운 수순이라니까."

"으윽……."

*　　　　*　　　　*

한 달 후.

띠링!

—CL 스타 뱅킹! GCM 엔터테인먼트: \29,…

"헉!"

서정현은 스마트폰에 뜬 알림을 보며 헛바람을 들이켰다.

'한 달 만에 이런 거금을……'

신인 가수가 기대보다 많은 돈을 벌지 못한다는 것을 생각해 보면, 아니 그 이전에 한 달 전까지만 해도 평범한 직장인과 다를 게 없었던 그에게 월급 삼천만 원은 그야말로 꿈의 봉급이나 다름없었다.

당장 밖으로 뛰쳐나가 소리라도 지르고 싶었다.

달리는 차 안이라는 것이 다행이라면 다행이었다.

그는 문득 처음 녹음실에 갔을 때가 떠올랐다.

'집에 갈 때 갖고 가세요.'

아무렇지도 않게 선뜻 최고급 마이크를 선물해 주던 작곡가.

자신이 이렇게 벌었는데 대체 그는 얼마나 벌고 있다는 뜻일까?

"생각보다 많이 떼이죠?"

옆에 있던 매니저가 물었다.

"아, 아뇨! 이 정도면 감지덕지죠!"

"원래 좀 세요. 수수료란 게."

GCM 뮤직에서 판 음악의 수수료는 3할.

자사의 가수에 한하여 2할로 해주고 있다.

처음엔 두 곡 합쳐서 십만 건, 아니, 오만 건만 팔아도 소원이 없다고 생각했다.

그런데 그 여덟 배나 팔았다.

그것도 한 달 만에.

이 기분을 말로 표현할 수 있을까?

"수수료요? 까짓것 아예 반을 가지고 가셔도 좋습니다!"

그에 매니저는 피식 웃었다.

"이 회사 가수들은 다들 그렇게 말씀하시더라고요. 솔직히 저는 이해가 가질 않아요. 하하하하."

"하하하……."

그는 당장 이천만 원을 주택청약종합저축 계좌에 저금하고, 오백만 원은 부모님께 송금했다.

그러자 곧바로 전화가 왔다.

"어, 엄마……."

이십 년을 넘게 같이 살아온 사람과의 통화인데, 왜 오늘따라 목소리가 떨리는 걸까.

─정현아, 너 어디 취직했니?

여태껏 말로만 해왔던 꿈.

하지만 이제, 꿈을 이룬 자신의 모습을 보여드릴 수 있다.

"엄마… 저 이제 가수예요……!"

—정말? 우리 아들 이제 엄청 유명해지겠네?

"아뇨… 그 정돈 아니……."

"자! 도착했습니다! 정현 씨의 생애 첫 팬 사인회."

아직 행사 한 번 뛴 적이 없는데 팬 사인회라니.

그는 그렇게 생각했었다.

물론 오늘은 행사 겸 사인회일 뿐이었지만.

서정현은 창문 밖을 쳐다보았다.

"와아아아아!"

끝이 보이지 않을 정도로 수많은 사람들.

그는 울먹이는 목소리를 듣기고 싶지 않아 빠르게 전화를
마쳤다.

"엄마! 오늘 TV 꼭 봐주세요! 꼭이요!"

—응, 아들. 기대할게.

＊　　　＊　　　＊

GCM 엔터테인먼트.

"음, 손실이 크긴 크네요."

"공짜로 퍼준 걸 죄다 정산해 줬으니까."

기다리니까 무료.

확실히 이용자 모으기엔 좋았지만, 그만큼 타격도 컸다.

"지금이야 잘 버티고 있지만, 계속 이렇게 하면 언젠가 총알

이 바닥날 거야."

안시혁이 충고했다.

지금은 총알이 엄청나게 쌓여 있지만, 만약 너도나도 이벤트를 끼워달라고 요청할 것을 생각하면 조금 불안하기도 했다.

"안정기에만 오르면 더 이상 정산은 멈춰야죠. 무료 이벤트는 계속하고. 일단 총알부터 계속 쌓읍시다."

"어떻게 하려고?"

"지금 DRM 기술로 국외 레이블이 매우 큰 관심을 보이고 있어요. 이미 한준석 사장님이 그걸 무기삼아 발 벗고 나서고 있고요."

어디까지나 아직은 관심일 뿐이다.

다른 플랫폼에서 유통을 하고 있는 이상, 어차피 복제는 막을 수 없으니까.

"그래도 한국은 GCM 뮤직이 독점하면?"

요즘은 저작권 단속을 칼같이 한다.

때문에 일일이 외국 사이트를 찾아다니며 복제 파일을 찾아다니기보단 그냥 맘 편히 오백 원, 육백 원 지불하는 게 나으리라.

"그것도 힘들죠. 아이튠즈가 있으니."

"에이, 그럼 기술 제공은?"

"그건 GCM 뮤직이 자리를 잡아야죠. 그것보다, 우리나라에서 가장 돈 뽑아 먹기 좋은 사업이 뭔지 알아요?"

"어… 다단계?"

현일은 못 들은 척 말을 이었다.

"교육이에요."

"아, 자식의 교육을 위해서라면 재산도 쏟아붓는 게 학부모니까. 사실 지금 같은 단순 학문 위주의 교육보단 정말 학생들의 꿈을 찾아줄 수 있는 교육이 선행되어야 할 텐데……."

그는 쯧쯧 혀를 차며 지난날을 회상했다.

사실 안시혁 본인이 이 자리까지 올라올 수 있었던 건 어쩌면 부모님 덕분이 아니었을까.

그의 부모님은 음악을 너무나도 사랑했다.

어린 시절, 음악이 하고 싶다고 했을 때… 적극적인 지원이 아니라 등짝 스매싱이 날아왔다면?

아마 그랬다면 자신의 꿈을 펼칠 수 있는 이곳이 아닌 어딘가에서 기업의 부속품처럼 매일매일 똑같은 하루를 살아가고 있었을지도 모를 일이다.

그가 말을 이었다.

"물론 부모와 선생님의 지원 이전에 본인의 노력이 선행돼야 하지만."

현일이 웃으며 대답했다.

"그래서 제가 그 부분을 해결해 주려고요."

"……?"

대체 또 무슨 소리를 하는 것일까.

안시혁이 고개를 갸웃거렸다.

현일이 다시 한 번 씨익 웃었다.

"이미 준비는 되어 있어요. 이제부턴 시혁이 형의 역할이 큽니다."

"뭐? 나?"

현일이 준비했던 두 번째 무기.

그건 바로.

"엠씨 써클이라고 아시죠?"

옛날에 유명했던, 듣고 있으면 집중력을 높여준다는 화이트 노이즈가 담긴 물건이었다.

특히 수험생들 사이에서 한창 화제였다가 금새 사그러들었던 아이템.

"캬! 그거 나 고등학교 시절 벼락치기할 때 많이 썼지."

"효과는 있던가요?"

"글쎄… 지금 생각해 보니 그냥 잡음 몇 개 집어넣고 비싸게도 팔았었네."

"사실 지금도 비싸죠."

"근데 그건 왜?"

"우리도 그 비슷한 걸 팔 거거든요."

"사기꾼이라도 되자는 거야?"

"아니요. 명백하게 체감되는 효과가 있는 정품을 팔아야죠. 한번 시험해 보실래요?"

"좋아."

현일은 안시혁을 팀 3D의 작업실 의자에 앉히고 헤드폰을 씌워주었다.

"이거 재생하시면 돼요."

"아무것도 안 들리는데?"

"가청 주파수를 넘는 고주파 음이라서요. 아무것도 안 들리는 게 정상이에요."

인간이 들을 수 있는 주파수의 영역은 아무리 높아봐야 20,000Hz 수준.

그마저도 나이가 들수록 낮아진다.

사실 15,000Hz 이상의 고주파를 들을 일이 살면서 몇 번 있지도 않지만 말이다.

안시혁이 의심스럽다는 눈빛을 띠었다.

"흠… 효과가 있을라나."

얼마 후.

"헉!"

안시혁이 헛바람을 들이켰다.

'지금 시간이 몇 시지?'

오전 세 시.

낮부터 단 한 시도 쉬지 않고 그동안 밀렸던 일들을 깔끔하게 처리했다.

팀 3D를 비롯한 직원들은 모두 퇴근한 새벽.

회사는 고요하고 어두웠다.

'나에게 언제 이런 능력이?'

그가 헤드폰을 벗자, 이마에서 땀 한 방울이 주륵 흘러내렸다.

방금 전까지만 해도 현일이 작곡한 '집중력 향상 도우미 사운드 프로토타입'을 재생하고 있던 스마트폰.

지금은 배터리가 다 되어 꺼져 있었다.

'…에이, 설마……'

프로토타입의 재생 시간은 한 시간.

안시혁은 스마트폰 충전기를 꽂아놓았다.

'딱 한 번만 더 재생해 봐야지.'

*　　　*　　　*

다음 날.

"출근하셨어요?"

현일은 출근하자마자 한지윤을 찾기 위해 때마침 지나가던 이지영을 붙잡았다.

"지윤이는?"

"지윤이요? 마침 잘됐네요. 지금 녹음실에 있어요."

"연습하고 있는 거야?"

"네. 요즘 되게 열심이에요. 녹음실이 비는 시간마다 찾아와서 연습하고 있다니까요?"

"그렇겠지. 명곡의 탄생에 출연해야 하니까."

"아~!"

그녀가 이제야 깨달았다는 듯이 주먹으로 손바닥을 탁 쳤다.

"어쩐지 엄청 열의를 보이더라고요. 최고의 보컬리스트가 되고 말겠다고."

"그랬어?"

"네."

그녀는 현일 쪽으로 몸을 돌려 두 손을 마주잡았다.

"저… 저는 꼭 최고의 보컬리스트가 될 거예요!"

"지윤이 따라한 거야?"

현일이 큭큭 웃었다.

"네, 히히히."

"완전 똑같았어."

"그쵸? 완전 귀여웠죠?"

현일은 못 들은 척하며 물었다.

"생각보다 잘하나 봐?"

"그렇지는… 음, 잘하긴 하죠."

"'보고 싶다'는 어느 정도 해?"

엄지와 검지를 붙여보였다.

"조오금 힘들어해요. 2절에서 애드리브하면 불안하구요."

"그렇구나."

"그런데요."

"음."

"방금 귀여웠죠?"

"어, 그래."

"에이, 뭐야!"

현일은 대충 대답하고는 얼른 녹음실로 들어섰다.

솔직히 귀엽긴 하지만 한지윤 '만큼'은 아니다.

아니, 될 수가 없다.

절대로.

이내 유리창 너머로 현일을 발견한 한지윤의 눈동자가 커졌다.

그녀는 황급히 고개를 숙여 인사했고, 현일은 가볍게 손을 흔들어주었다.

한지윤은 초조해졌다.

'아… 아직 완벽하게 부르지 못하는데…….'

현일은 헤드폰을 쓰고 마이크에 대고 말했다.

"지윤아. '보고 싶다' 불러볼래?"

─저…….

"그냥 내가 듣고 싶어서 그래."

─네!

옆에 서 있는 이지영이 물었다.

"왜 항상 '보고 싶다'에요?"

"가요의 정석이니까."

곧 반주가 흘러나왔다.

♬~

―아무리 기다려도 난~ 못 가……

그녀가 노래를 부르는 모습을 보고 있으면, 절로 흐뭇해졌다.

비단 현일만이 그렇게 느끼는 것이 아니리라.

'이건 찍어야 돼.'

현일은 방송용 카메라를 들고 와서 노래를 부르는 그녀의 모습을 화면에 가득 담았다.

기본 실력이 되니까 믹싱만 잘해서 유튜브에 올리면 제법 괜찮은 마케팅이 될 것 같았다.

'이런 건 팬들한테도 보여줘야지.'

곧 후렴구가 나오는 구간.

한지윤은 긴장했다.

'작곡가님이 보고 계셔.'

혹 실수라도 할까 조마조마했지만, 어떻게 된 일일까.

비록 둘은 벽 하나를 두고 서있긴 해도 현일이 보고 있다는 것만으로도 긴장되면서, 역설적으로 안심되었다.

그녀에게는.

─미칠~ 듯 사랑했던 기~ 억이~ 추억~ 들이~ 너를 찾
~ 고! 있지~ 만······.

한지윤은 자신이 무슨 노래를 부르고 있는지도 의식하지
못했다.

그저 흐름에 몸을 맡길 뿐.

두 눈을 감고 앵두 같은 입술을 움직이는 그녀.

신에게 헌정 곡을 올리는 천사들의 성가대가 있다면, 그중
에서도 으뜸이 바로 저런 모습이 아닐까 생각 될 정도였다.

'이제 하이라이트다.'

그리고 2절의 후렴구가 시작될쯤.

"최현이이일! 현일이 어디 갔어!"

"여기예요!"

이지영이 문을 열어 방황하고 있는 안시혁에게 손을 번쩍
들어보였다.

그는 후다닥 녹음실로 뛰어와 현일의 팔을 붙잡았다.

"어, 어?"

"너 그거 어떻게 한 거야?"

"그거라뇨?"

"그게!"

안시혁의 눈 밑에 자욱하게 드리워진 다크서클을 보아하니
현일은 그가 무슨 말을 하는지 깨달았다.

아무래도 밤을 샌 듯했다.

"아~ 그거요?"

"그래, 그거!"

현일은 카메라를 이지영에게 맡기고 녹음실을 잠시 나왔다.

"어땠어요? 꽤 괜찮죠?"

"괜찮은 정도가 아냐! 완전 환상적이라고! 아니, 이건 마약이야!"

"밤샜어요?"

"맞아."

"역시 성능을 좀 낮춰야겠네요."

"뭐?"

"아시다시피 프로토타입인지라 적정 성능을 테스트해 봐야 했거든요."

"그럼 나한테……?"

"그래도 생명에 지장이 있는 건 아니니까요. 뭐, 밀렸던 업무 다 처리해서 기분은 좋잖아요?"

"이, 이 자식이!"

"어? 어딘가에서 일 들어오는 소리가……?"

"아오, 진짜! 오늘 저녁은 네가 쏘는 거다!"

"예, 예."

"꽃등심 먹을 거야! 꽃등심 먹을 거라고!"

"그러고 보니 GCM 뮤직 매출 목표치가……."

"대표님!!!"

둘이 그렇게 화기애애(?)한 시간을 보내는 동안, 한지윤의 녹화 및 녹음이 끝났다.

"후… 저 잘했나요?"

─응. 아주 잘했어!

유리창 너머로 이지영이 활짝 웃어보였다.

결과는 좋았지만, 기대한 목소리가 아니었기에 그녀는 시무룩해졌다.

그러나 곧 이지영이 들고 있는 카메라를 보고 재빨리 표정 관리에 들어갔다.

이미 한지윤은 프로 연예인이었다.

$*$ $*$ $*$

GCM 뮤직은 집중력 향상 도우미, 'White Sound'의 론칭과 함께 대대적인 홍보에 들어갔다.

['화이트 사운드'의 효과는 진짜다!]

─현재 GCM 뮤직에서 선풍적인 인기를 끌고 있다는 통칭 '화이트 사운드'. 그것의 정체는 과연 무엇인지, 실제 체험자들의 인터뷰를 통해 알아보았습니다.

─경기도 임 모군: 저는 옛날부터 정신이 산만했어요. 그래서 유명하다는 건 다 해봤죠. 엠씨 써클은 물론이고, 서울에서 유명하다는 한의원에서

처방도 받고 정신을 맑게 해준다는 보약도 먹고, 독서실도 다녀보고, 시립 도서관도 다녀보고 다 해봤는데 공부에 집중하기가 힘들었어요. 그런데 어느 날 친구들이 추천해 주더라고요. GXX 뮤직의 화이트 사운드. 한 시간 짜린데 마치 한 시간이 일 분처럼 지나가더라고요. 그런데 딱히 추천드리진 않아요. 저만 쓸 거……

[제가 타임머신을 발명한 것 같습니다.]

─아침에 눈 뜨고 GCM 뮤직에서 화이트 사운드 공짜로 준다는 알림이 와 있길래 '뭐지?'하면서 다운받아봤어요. 재생해도 아무 소리도 안 들리길래 뭔가 싶었는데 정신 차리니 세 시간이 지나있더군요. 덕분에 직장 상사에게 이쁨받…

─그러니까 잠자리에서 쓰면 안 된다는 거군요.

ㄴ 그냥 글쓴이가 졸렸던 거 아닐까.

─그게 뭐임? 화이트 노이즈 같은 건가? 별 효과 없던데.

ㄴ 저도 쓰고 있는데 그런 거 아님. 차원이 다름. 비교 자체가 안 됨.

─화이트 사운드 써봤습니다. 아무 효과도 없더군요. 가격도 비싸던데 돈 낭비 하지 마세요.

ㄴ 너 수험생이지? 경쟁자 늘어날까봐 겁나냐? ㅋㅋㅋㅋ

ㄴ 아님.

ㄴ 맞잖아.

ㄴ 아님.

언론 플레이도 해주고, 선착순으로 다운받는 회원들에게 무료로도 뿌려주고 하면서.

물론 굳이 홍보가 필요치도 않았다.

화이트 사운드는 강남 일대의 학부모들을 필두로, 날개 돋친 듯이 팔려나갔다.

"미쳤어… 이 매출은 미쳤다고……."

안시혁이 경악할 정도로.

화이트 사운드의 가격은 보급형이 13,200원.

깊은 숙면을 취할 수 있게 도와주는 화이트 사운드가 포함된 프리미엄 패키지가 29,700원.

프리미엄 패키지엔 당연하게도 보급형이 포함되어 있다.

그럼에도 불구하고, 보급형을 구매했던 회원의 프리미엄 패키지 중복 구매율이 80%를 넘겼다.

처음엔 조금 비싼 가격이 아닌가 했지만, 지금 보니 배는 더 비싸게 팔아도 됐을 걸이라는 약간의 아쉬움이 안시혁의 머릿속에 남았다.

그가 소리쳤다.

"전월 대비 매출이 1,200%를 넘겼습니다!"

"와아아아아!"

웹 마케팅 운영부서 직원들이 환호를 질렀다.

'응? 뭐야 이건?'

인터넷 뉴스 기사를 모니터링하고 있던 현일의 눈에 밟히는 기사가 몇 개 있었다.

[충격! 깨끗한 이미지로 승부했던 GCM 엔터테인먼트, 슬슬 갑질 시작하나?]

[이래도 되는가! GCM 뮤직의 횡포! 음원 유통 사이트 다 죽네!]

[GCM 뮤직, 시장을 독점하려는 움직임. 제지해야 한다며 대중들은 우려를 표해.]

'누가 이딴 기사를 쓴 거지?'

어디 이름도 모르는 찌라시였다면 그냥 피식하고 넘어갔을 테지만, 나름 유명한 언론사였다.

누가 사주했을지는 대충 짐작이 갔다.

'경쟁 플랫폼이겠지.'

버그 뮤직은 아닐 것이다.

'거긴 사장님이 워낙 속세에 관심이 없으시니까.'

과장 조금 보태면, 지금껏 벌어둔 재산만으로도 평생 사치를 부리며 먹고 사는데 지장이 없으니 당장 회사가 망해도 상관없다는 사람이 바로 버그 뮤직의 대표였다.

'네버 뮤직도 아닐 거고.'

네버의 주력사업이 음원 유통도 아니거니와, 만약 그랬다면 GCM에 호의적인 기사는 내려 버렸을 심산이 높다.

즉, 수박일 가능성이 높다는 뜻이었다.

현일은 김 부장에게 수박과 대화해 볼 것을 지시했다.

―예, 최한수 과장입니다.

"최 과장님. 아무리 그래도 상도의라는 게 있지 근거 없는 낭설을 퍼뜨리시면 되겠습니까?"

―예? 무슨 소린지 모르겠습니다만.

너무 잘 알고 있다는 것이 말투에서 느껴졌다.

"웨일리 뉴스의 GCM이 어쩌고 하는 기사들, 그쪽에서 사주한 거 다 알고 있습니다."

―허… 참! 기가 막혀서. 근거 없는 낭설? 말 한 번 잘 했수다. 아니, 우리가 그랬다는 증거는 어디에 있는 거요? 그럼?

"…라고 하더군요. 작곡가님."

"그렇군요. 수박의 뜻은 잘 알겠다고 전해주세요."

"네."

'그렇게 나오시겠다 이거지?'

오냐.

알겠다.

우리가 그렇게 되길 원한다면, 너희가 그렇게 보고 싶어 하는 진짜 갑질이 무엇인지 보여주마.

현일의 눈이 불타올랐다.

Chapter 6
선전포고

"우와아… 유튜브 조회수 엄청난데?"

"그런가……?"

김채린이 감탄했고, 한지윤이 미소 지었다.

한지윤이 녹음실에서 불렀던 '보고 싶다'의 반응은 가히 폭발적이라고 할 만했다.

—이런 게 아이돌이라니. 프로 가수들은 뭐 먹고 살라고… 좋아요 328

—여신이 되어버린 천사. 좋아요 274

"응. 맥시드의 누가 불렀어도 이 정도론 안 나올 거야."

"별로 못 했던 것 같은데……."

"무슨 소리야? 노래 엄청 잘하는구만."

"작곡가님이 잘 찍어주셔서 그런가보다. 흐훗."

김채린이 한숨을 쉬었다.

"하아… 넌 좋겠다."

"응? 너도 노래 잘하잖아."

"아니, 그 뜻이 아니라."

"그럼?"

"아냐. 아무것도."

모든 걸 다 가진 것 같다고.

그러나 말해서 무엇하리.

이 씁쓸함을 누가 달래줄 수 있을까.

그녀는 하염없이 하늘을 올려다볼 뿐이었다.

"무슨 고민 있니?"

누군가가 김채린의 어깨에 손을 얹으며 물었다.

그녀가 뒤를 돌아보았다.

"백 실장님?"

*　　　　*　　　　*

수박 엔터의 회의실.

수박의 대표는 GCM 엔터와 친한 몇 몇 곳을 제외한 기획사의 대표들을 불러 모았다.

난데없는 호출에 그들은 심기가 불편했지만, 가장 심각한 얼굴을 하고 있는 건 바로 수박의 대표인 오윤석이었다.

그가 입을 열었다.

"모두들 바쁘실 텐데 갑자기 불러서 양해의 말씀을 드리겠습니다. 제가 오늘 여러분들을 이 자리에 부른 것은 긴히 드릴 말씀이 있어서입니다."

그 말에 좌중이 과연 무슨 말을 하려는 것일까 내심 궁금해 하며 오윤석에게 시선을 집중했다.

아마 최근 떠오르는 GCM 뮤직과 연관된 얘기가 아닐까 예상하면서.

"GCM 뮤직이 최근 일주일만 참으면 무료 이벤트와 몇 몇 독특한 아이템으로 급격한 성장세를 보이고 있습니다만."

그들의 생각은 역시나 빗나가지 않았다.

그러나 그 뒤에 이어진 말은, 기획사 대표들의 뒤통수를 강타했다.

"다른 건 좋습니다. 다만, 일주일만 참으면 무료 이벤트를 넣는 회사는 앞으로 수박에 음원을 유통할 생각이 없으신 걸로 받아들이겠습니다."

"뭐, 뭐요?!"

"예?"

"방금 뭐라고 하셨습니까?"

"제가 잘못 들은 건 아니겠죠?"

오윤석의 예상대로 기획사의 대표들은 단 한 명도 빠짐없이 반발했다.

마음 같아선 GCM 뮤직에 아예 발도 들이지 말라고 하고 싶지만, 그랬다간 공정거래법 위반으로 소송에 휘말릴 것이 당연했다.

음원 유통 플랫폼이 늘어나면 늘어날수록, 기획사 입장에선 무조건 이득이니까.

어느 사이트든 올리기만 하면 조금이라도 매출이 있게 마련이니 말이다.

"제대로 들으셨습니다. 제 요구는 간단합니다. '일주일만 참으면 무료'만 하지 마십시오. 그 이벤트는 명백히 출혈 경쟁입니다. 아시겠지만, 우리가 그 이벤트를 할수록, 그 이벤트가 잘될수록 가수들은 너도나도 그 이벤트에 넣어달라고 아우성을 칠겁니다. 지금 당장의 큰 이득에 눈이 멀어서 미래의 이익을 담보로 잡는 제 살 깎아먹기밖에 안 됩니다."

"으음……."

대표들은 침음을 흘렸다.

모든 기획사가 알고 있었다.

GCM 뮤직에서 메인 배너를 받느냐 못 받느냐는 매출의 차이가 매우 크다는 것을.

일주일만 참으면 무료도 마찬가지였고.

하지만 그 이벤트를 하지 않으면 배너를 받기가 힘들다.

GCM 뮤직의 배너 요구 조건이 바로 그 이벤트니까.

"비록 이 대표가 이 자리에 참석하진 않았지만, SH도 우리와 뜻을 같이하기로 했습니다."

그 말이 가지는 의미는 작지 않았다.

기획사 대부분이 일단 메이저 기획사가 하는 것을 보고 따라하고 있는 실정이니까.

그 와중에 Y&K의 대표가 입을 열었다.

"그럼 각자 배너 경쟁은 하되, 일주일만 참으면 무료는 하지 않는 것이 어떻겠습니까, 대표님들? 그러면 별 이벤트 안 해도 배너를 안 넣어주고 배기겠습니까?"

"흐음······."

모두들 말은 없었지만, 암묵적인 동의와 마찬가지였다.

*   *   *

몇 주 후, Y&K 엔터테인먼트.

"저, 대표님. 분명 제가 이벤트에 들어가는 날짜가 아니었습니까?"

Y&K 엔터의 이재혁.

그는 기획사의 전폭적인 지원을 등에 업고 날아오를 예정이었다.

그 첫 번째 일환으로 GCM 뮤직에서 대대적인 광고를 해주 겠다는 약속을 받았었다.

한데.

"왜 쌩뚱맞게 컬러가 제 자리에 들어가 있는 거죠?"

"크흠……."

Y&K의 대표는 대답을 회피하며 이맛살을 찌푸렸다.

이재혁은 실력과 비주얼을 겸비한, 데뷔가 얼마 남지 않은 연습생이다.

또한 Y&K 엔터 주력 투자자의 아들이기도 했다.

Y&K에서 자신의 위치를 잘 알고 있는 그였기에, 대표에게 따지는 데에도 주저가 없었다.

"이건 얘기가 다르지 않습니까?"

오윤석 대표는 턱을 문질렀다.

그가 깊은 고뇌를 할 때면 나오는 버릇이었다.

이재혁 또한 그걸 알고 있었기에, 오 대표가 입을 열 때까 지 잠자코 기다려주었다.

"그럼 GCM 뮤직에만 독점으로 음원을 유통해도 상관없겠 나?"

결국 Y&K의 대표는 결단을 내렸다.

"예?"

이지스 프로덕션.

"실장님! 대체 이게 어떻게 된 거죠?!"

"유, 유라 씨……."

하유라의 매니저는 심히 당황스러웠다.

이지스 프로덕션 또한 하유라 하나 믿고 있는 기획사였다.

소속된 다른 연예인들은 모두 깔끔하게 망했다.

MK와 비슷한 처지라 이 말이다.

하유라는 본래 다른 기획사에 있었다.

계약이 끝난 뒤 휴식기를 가지다가 이지스가 어렵게 어렵게 모셔온 가수.

그렇기에, 자연스레 이지스 안에서 그녀의 입김이 커질 수밖에 없었다.

"일주일만 참으면 무료 이벤트랑, 메인 배너랑 같이 GCM 뮤직에서 론칭하기로 했었잖아요? 이미 콘셉트 사진까지 다 찍어봤는데, 그게 얼마나 힘들었는지 알아요?!"

"유라 씨… 잠시만 기다려주세요. 어떻게 된 일인지 대표님께……."

"제가 대표님한테 아무 말도 못해서 이러는 줄 알아요? 일주일 안에 해결보지 못하면 위약금 준비하겠어요."

"저기 그게 사실은……!"

"뭐예요?"

실장은 한숨을 쉬고는 결국 사정을 실토했다.

"수박이 전쟁을 선포했습니다."

　　　　　　*　　　　　*　　　　　*

GCM 엔터테인먼트.

"독점?"

"네. 수박이 선전포고를 했으니, 우리도 준비해야죠."

안시혁의 눈썹이 뒤틀렸다.

"안 그래도 요즘 일무 이벤트 요청이 잘 안 들어오는 판국인데, 독점 유통을 요구하자고?"

"표면상으로는 그렇죠. 하지만 가수들은 분명 엄청나게 넣고 싶어 하고 있을 거예요. 단지 기획사들이 담합하고 있을 뿐이지."

"그렇긴 하지."

안시혁이 고개를 끄덕였다.

아닌 게 아니라, CL E&M의 직원 한 명이 업계 관련자들과의 술자리에서 무심코 취기에 입을 열어버린 것이다.

소문만 무성하던 박희신 가수의 매출을.

"아마 거기 소속 가수들은 다 단단히 벼르고 있을 걸요?"

일무에 들어갈 빌미를 잡을 날만을.

현일이 말을 이었다.

"어차피 우린 지금 뜻을 같이하는 기획사들이랑만 같이 가도 손해는 없어요."

"그래도 독점은 좀 이르지 않을까? 아직 완전히 자리를 잡은 것도 아닌 것 같은데."

비록 GCM 뮤직이 폭발적인 성장세를 보이고 있긴 해도, 수박을 따라잡으려면 시간이 제법 걸릴 것이다.

"그러면 선독점 같은 것도 괜찮죠. 아니면……."

현재 GCM 뮤직의 홈페이지엔 GCM 엔터테인먼트, MK 엔터테인먼트, 그리고 BVS 미디어와 CL E&M 외 두 기획사의 광고밖에는 찾아볼 수 없었다.

수박을 포기할 정도로 배수진을 친 기획사들.

그러나 수박도 대기업인 CL을 건드리긴 힘들었는지 CL E&M의 곡은 양쪽에서 순조롭게 이런저런 이벤트 다 챙기며 유통되고 있었지만.

현일은 잠시 생각하다 말을 이었다.

"이 기회에 실물 음반 점유율도 높여볼까요?"

"응?"

띠리리—

그때 안시혁의 업무용 전화기가 울렸다.

"잠시만."

"무슨 일이야?"

—이사님, Y&K 엔터의 대표라는 사람이 이사님과 통화를 하고 싶어 하시는데, 어떻게 할까요?

"바꿔줘."

―네.

곧 수화기 너머로 중년 남성의 목소리가 들려왔다.

―여보세요?

"네, 웹 마케팅 및 운영 부서 총괄 책임자인 안시혁 이사입니다."

그는 그렇게 말하고는 슬쩍 현일을 보며 씨익 웃었다.

'꼭 한 번은 해보고 싶은 대사였어.'

라고 입을 뻥긋거리면서.

―Y&K의 대표이사인 석진석이요. 잠시 만나서 하고 싶은 얘기가 있습니다.

"그러면 언제쯤……"

―그럴 필요 없습니다. 제가 직접 찾아뵙겠습니다. 그리 오래 걸리지도 않을 테니.

안시혁은 다시 시선을 돌렸고, 현일은 고개를 끄덕였다.

"알겠습니다. 조금 이따 봬요."

뚝.

"입질이 오네요."

안시혁이 피식 웃었다.

"Y&K도 담합에 일조했던 회사 아냐?"

"어차피 누군가는 하게 돼있어요. 그럴 바에 아예 그 '누군가'가 자신이 되기로 한 거죠."

전생과 똑같은 레퍼토리였다.

현일이 홍차를 홀짝이고는 말을 이었다.

"남들이 다 안 하겠다고 할 때, 내가 할 테니 대신 더 많이 달라고 하겠죠."

뻔할 뻔 자였다.

"이번 계약은 시혁이 형에게 맡길게요."

"그래."

잠시 후, Y&K의 대표가 도착했다.

"후⋯ 우리 회사에서 곧 데뷔 예정인 가수가 있습니다. 음원을 GCM 뮤직에 공급하면 손해가 안 날 거라고 보장해 줄 수 있습니까?"

"물론입니다. 어떤 조건을 원하세요?"

"나도 엄청 힘든 결정이었어요. 소식이 퍼지면 '그쪽'에서 눈총이 이만저만 아닐 테니 잘 좀 챙겨주십쇼."

"그럼 선독점으로 갑시다. 음반 공개 후 3개월에 다른 플랫폼에 유통할 수 있고, 해당 곡의 저작권자가 선금을 받으시면 다 공제될 때까지 정산은 5:5가 될 겁니다. 설사 판매 금액이 선금에 못 미쳐도 갚아야 할 의무는 없으시고요. 단, 그 경우엔 전액 공제될 때까지 독점이 유지가 될 겁니다. 솔직히 그럴 일도 없겠지만."

"선금은 얼마나 됩니까?"

안시혁이 계약서에 0자를 그려넣었다.

한 개, 두 개, 세 개, 네 개⋯

Y&K 대표의 눈이 휘둥그레졌다.

"더 드릴까요?"

"…잠시 전화 좀 쓰겠습니다."

"가장 먼저 손을 뻗으셨으니, 특혜를 드려야겠죠?"

"……?"

"선금도 받으시고 정산은 그대로 7할 가져가세요."

＊　　　＊　　　＊

몇 주 후, 수박 엔터테인먼트.

쾅!

수박의 대표가 모니터를 보고는 책상을 내리쳤다.

"내 이것들을 그냥……!"

[떠오르는 신성! 이재혁의 정규 1집 'Never Say Never' 선독점 공개 기념 이벤트! 친구 세 명에게 알리면 무려 300골드 할인!]

[R&B의 여제 하유라, 2년의 공백기를 거치고 그녀가 돌아왔다! 디지털 싱글 '우리 다시 그때처럼' 오직 GCM 뮤직에서만 독점 공개! 지금 배너를 클릭하면 하유라의 1~4집 앨범이 일주일마다 무료!]

Y&K 엔터의 이재혁.

그리고 이지스 프로덕션의 하유라.

둘의 사진과 신보(新譜)공개 소식이 GCM 뮤직 홈페이지에 대문짝만 하게 걸려 있었다.

공교롭게도, 두 회사 모두 요전 수박 엔터의 회의에 참석했었다.

심지어 Y&K의 대표는 그때 일무를 하지 말자고 먼저 말까지 했던 작자였다.

그러니 화가 안 날 수가 있겠나.

그는 집무실을 박차고 나왔다.

"최 과장! 이게 어떻게 된 일이야!"

이내 썰렁한 최 과장의 빈자리가 눈에 들어왔다.

그제서야 자신이 최 과장을 진즉에 잘랐음을 기억해 냈다.

그렇다면 그 아랫사람이라도 보고를 올려야 하는 법.

어디선가 후다닥 뛰어왔다.

"저… 방금 전에 SH에서 연락이 왔습니다."

"뭐라고 하던가?"

"수박도 어서 일무를 하라고……."

대표는 뒷목을 잡았다.

SH 엔터테인먼트.

"일무를 하라니 그게 무슨 소리요?! 언제는 우리 뜻에 동참하겠다고 해놓고서는?"

수박의 대표는 이성호를 찾아가 따졌다.

"말 그대로요."

이성호는 무덤덤하게 말을 이어나갔다.

"이제 일주일만 참으면 무료 이벤트는 이미 하나의 거대한 흐름이 되어가고 있습니다. 특히 그 이벤트 덕에 기존 불법 복제 청취자들로 하여금 정품 음원 결제를 유도하는 효과도 있는 걸로 파악됐고요."

"그건 DRM 때문이지!"

"물론 그 이유가 제일 크긴 하지만 일무 이벤트도 어느 정도 효과는 있습니다. 지금은 미미하지만, 나중에 쌓이고 쌓이면 그것도 무시할 수 없게 되는 법."

일무 이벤트로 500원을 아끼게 되었으니, 다른 곡은 하나라도 사주자라는 생각을 갖게 되는 효과.

그것이 역설적이게도, 무료 이벤트의 막강한 결제 유도 마케팅이었다.

"웃기는 소리!"

그러나 수박 대표의 생각은 달랐다.

"이대로 GCM 뮤직이 제일 플랫폼이 돼버리면 결국 기획사와 소속 연예인들은 GCM 뮤직이 하자는 대로 끌려 다니기만 할 겁니다!"

"그렇습니까?"

"그렇죠!"

"수박은 경쟁에서 이길 자신이 없는가봅니다?"

"흥, 누가 그런 하찮은 도발에 넘어갈 줄 압니까?"

CL E&M쯤 되는 대기업이라면 모를까, 일반 기획사가 아무리 크다고 해도 유통 플랫폼 쪽이 갑이었다.

본디 뮤지션이란 자신의 음악 또는 이미지를 팔아서 먹고 사는 직업.

기획사는 그런 뮤지션들을 키워주고, 그들이 하기 힘든 일들을 대신 해주는 조건으로 뮤지션의 수입을 떼어가는 구조다.

그리고 그 '수입'의 대부분은 음원 플랫폼에서 나오고.

"뭐, 안 해도 상관없습니다. 그런데, 진심으로 걱정돼서 하는 말인데 감당하실 수는 있겠습니까?"

"무슨 뜻이죠?"

"GCM 뮤직에서 일무 이벤트를 하면 수박은 포기해야겠죠. 하지만 네버 뮤직은 일무와 비슷한 시스템을 준비 중이라고 들었습니다. 그럼, 수박은 네버 뮤직과도 전쟁을 하실 겁니까?"

"……!"

"그리고 일무 금지 정책을 우리에게 강요할 거면 CL E&M부터 어떻게 해보십쇼."

이성호의 말은 오 대표의 정곡을 찔렀다.

CL E&M이나 GCM 뮤직은 그렇다고 치자.

하지만 아무리 수박이라곤 해도, 수박 하나 때문에 네버 뮤직이라는 거대한 산맥을 포기해야 한다면 적지 않은 기획사들이 등을 돌릴 것이 명백했다.

"어떻게 할 거요? 오 대표."

오윤석은 어금니를 질끈 깨물었다.

'빌어먹을……'

얼마 후, 그는 사라졌다.

집무실에 혼자 남은 이성호는 조용히 TV를 틀었다.

─벌써 일 년이…….

'명곡의 탄생이라……'

채널을 돌리다 나온 명곡의 탄생 재방송.

화면에는 현일의 모습이 보였다.

'다음 녹화 때도 볼 수 있으면 좋겠군.'

그가 비릿한 웃음을 흘렸다.

         *   *   *

명곡의 탄생 스튜디오.

"우리의 작곡가!"

전민재 쪽 패널에는 이미 현일이 앉아 있었다.

아직 예정된 녹화 분량이 남아 있었으니까.

'누굴까?'

현일도 내심 궁금했다.

이번 작곡가는 녹화 당시까지 전민재 측에도 비밀로 해줄 것을 요청했기에, 현일도 대기실에서 만나보지 못한 것이다.

유지열의 말이 이어졌다.

"소개합니다! SH 엔터테인먼트의 메인 프로듀서! 이영철 씨를 모셨습니다!"

'이영철!'

현일의 눈이 크게 뜨였다.

사실 이영철과의 악연은 그리 없지만, 왠지 SH라는 것만으로도 경계심이 들었다.

그는 이성호 사장의 최측근.

이성호가 서서히 프로듀싱에서 손을 떼려고 하는 만큼, 현재 SH의 주력 인사는 이영철이라고 봐도 무방하니까.

특히나 이영철은 SH의 창립 멤버이고 말이다.

그가 걸어오면서, 잠시 현일과 눈이 마주쳤다.

무언가 할 말이 있어 보이는 것 같은 시선.

'아니, 도전장인가?'

적잖이 긴장되었다.

상대편은 오늘도 현일이 올 거란 것을 사전에 알고 있었을 것이다.

현일은 만약 SH가 그것을 노리고 이영철을 보낸 것이라면, 분명 어떤 꿍꿍이가 있을 거란 생각이 들었다.

그가 자기소개를 했다.

"안녕하세요. SH의 프로듀서인 이영철이라고 합니다. 잘 부탁드립니다."

패널의 박수와 함께, 유지열이 질문했다.

"어떤 곡을 프로듀싱하셨나요?"

"네, 십 년 전에……."

그가 작곡 및 프로듀싱에 참여한 곡을 줄줄이 읊었다.

제목을 말할 때마다 패널과 객석에서 감탄이 흘러나왔다.

하나같이 모르는 사람이 없는 주옥같은 명곡부터, 현재 한창 순위를 역주행 중인 아이돌 그룹의 노래까지.

물론 그 밑엔 '실패작'이라는 수많은 발판이 있지만 말이다.

"명곡의 탄생에 나오게 된 계기가 뭔가요?"

"제 입으로 말하긴 뭐하지만, 저도 한 EDM하거든요. 근데 저기 앉아 계신 분께서 그렇게 EDM을 잘하신다고 소문이 자자해서요."

"오오오오오~!!"

이영철은 은근히 현일을 도발했다.

'PD님이 아주 좋아하겠군.'

안 그래도 첫 출연 이후 'GCM이 발라드의 거장 강호성을 물리치다!'라는 제목의 기사가 들끓어서 낯이 뜨거웠다.

전민재가 말했다.

"그런데 GCM 작곡가님은 항상 EDM만 하지는 않으시거든요? 날을 잘못 잡으신 건 아닌가 모르겠네."

"잘 오셨습니다. 오늘은 EDM입니다."

현일의 즉답에 좌중은 환호했다.

특히 현장에 있던 연예부 기자들이.

"네, 네! 팀장님. 대박 특종입니다!"

"빨리 GCM VS SH의 자존심 대결이라는 제목으로 써 올려!"

"더 자극적인 제목이요? 당연히 더 좋죠!"

"요즘 수박이랑 GCM 뮤직 건으로 핫하잖아! 대충 그거랑 짜깁기해서 어떻게든 해봐!"

"방금 이영철 프로듀서 멘트 들었지? 그거 제목으로 써도 좋고!"

기자들은 열심히 전화기를 붙잡고 노트북을 두드렸다.

스태프는 아직 녹화 중인 방영분에 대한 기사를 써 올리는 기자들을 제지하기는커녕, 오히려 미소를 지었다.

'시청률은 따 놓은 당상이다!'

*   *   *

대기실.

"작곡가님!"

"왔구나."

"네!"

"공연은 잘했고?"

"네."

현일을 보자마자 방긋 웃는 한지윤.

연속된 스케줄로 힘들 텐데도 내색 없이 열심히 하는 모습이 기특했다.

"아……!"

그래서 머리를 두어 번 쓰다듬어 주자, 그녀가 볼을 발갛게 물들였다.

"저기… 작곡가님."

"응?"

"오늘은 정말 잘할 수 있을 것 같은 기분이 들어요."

"그래?"

현일이 빙긋 웃었다.

곧 대기실을 나가니.

"잠시만 시간 좀 내주시죠. GCM 작곡가님."

이영철이 현일을 불러 세웠다.

"네, 무슨 일이시죠? 이영철 프로듀서님."

"제안드릴 게 있어서 말이죠."

"그건 이성호 사장님의 지시겠죠?"

이영철이 여기에 온 이유도 예상이 되었다.

"그게 꼭 상관이 있을까요?"

"하실 말씀이 있으면 본인이 직접 찾아오라고 하세요."

현일이 발걸음을 옮겼다.

아니, 그러려고 했다.

"계약."

"……?"

"예전에 우리와 계약하지 않으셨습니까? 유은영 사건 이후에."

참 오랜만에 듣는 이름이었다.

"네, GCM 뮤직에 음원을 반드시 유통하겠다는 계약이었죠."

"그래서 말인데……."

"설마 없던 일로 해달라는 건 아니겠죠?"

그러자 이영철이 어깨를 으쓱거렸다.

"그럴 리가 없잖습니까? 그 계약은 저에게 이득인데요."

하긴 그건 맞는 말이다.

그 계약은 실질적 저작권자에게 많은 몫이 돌아가도록 되어 있는 계약이고, 이영철이 바로 그 '실질적 저작권자'에 해당되는 사람이었다.

"그럼 원하는 게 뭐죠?"

"맥시드와 성아영, 팀 3D를 뺏어간 건 없던 일로 해드리겠습니다."

현일의 눈썹이 꿈틀거렸다.

맥시드는 그렇다고 치자.

성아영과 팀 3D는 명백히 SH가 스스로 버린 패였다.

그런데 뭐?

뺏어가?

특히나 팀 3D는 SH에서 꺼내주지 않으면 어찌될 운명인지 뻔히 알고 있던 현일로서는 택도 없는 소리였다.

"웃기지 마십쇼."

"하하, 그냥 농담입니다, 농담. 지나간 일로 얼굴 붉히기는 싫습니다. 어차피 그 팀들 없다고 해서 제가 손해 보는 일은 없으니까요. 애초에 우리 쪽에서 내친 사람들이기도 하고."

"빨리 용건만 간단히 하세요."

"오늘 준비한 곡으로 승부를 봅시다. 제가 이기면 SH에 독점 없이 이벤트 고정 T/O를 주십쇼. 선금 없이. 정산은 8 대 2로."

"그건 계약 위반이죠."

예전의 이성호와의 계약에서 정산 비율은 끝나 있었다.

"…그럼 SH의 곡만 600원에 파는 걸로."

"그럴 권한은 있습니까?"

"물론, 전권을 받고 왔죠."

이영철은 '만'에 강조를 주었다.

"대신 금융 결제 수수료는 그쪽이 부담하세요."

"그렇게 하죠."

그가 흔쾌히 고개를 끄덕였다.

이제 현일의 차례였다.

"제가 이기면 6개월 선독점에 선금은 무조건 받으시는 걸로."

이영철은 잠시 생각에 잠겼다.

사실 현일이 내건 조건도 크게 나쁠 건 없었다.

양쪽 모두에게 말이다.

이러니저러니 해도 SH 엔터는 마음먹고 밀어주기만 하면 누구든 히트시킬 수 있는 메이저 기획사.

그런 만큼 음원 판매가 가져다주는 수익도 어마어마하다.

GCM 뮤직은 돈 벌어서 좋고, SH는 최소 6개월은 복제 음원이 안 풀려서 좋고.

굳이 따지자면 6개월 동안 한곳에만 묶여 있어야 하니 초반에 크게 매출을 뽑아내기 어렵다는 점.

그리고 6개월간 5 : 5 정산을 받아야 한다는 점이었다.

곧 그가 고개를 끄덕였다.

"좋습니다."

승부는 성사되었다.

이제 무조건 이기는 수밖에 없다.

둘의 공통된 생각이었다.

*　　　　*　　　　*

스튜디오.

이영철이 섭외한 가수는 앨리스였다.

"에이~ 이래도 되는 겁니까?"

전민재가 능청스럽게 야유를 던졌다.

"아니, 뭐가 어때서요?"

앨리스는 SH 소속의 여가수였으니까.

"반갑습니다! 블랙로즈의 앨리스입니다!"

유지열이 물었다.

"그럼 그쪽에서 섭외한 가수는 누굽니까?"

"아, 우리는 가수를 데려오지 않았습니다."

"예?"

"응?"

"그럼 누가 노래를 부르죠?"

좌중이 전민재를 쳐다봤다.

그는 천장을 가리키며 말했다.

"아… 저는 이제 나이가 들어서… 대신! 저 하늘에서, 천사를 데려왔습니다."

"아아아아! 설마?"

"소개합니다! 한지윤!"

"에~ 이~ 너무하네~"

현일과 이영철의 승부를 아는 누군가가 본다면, 마치 의도

된 것이 아닐까란 생각을 하고도 남을 상황이었다.

"안녕하세요! 맥시드의 한지윤이에요!"

짝짝짝짝.

SH의 작곡가와 SH의 가수.

GCM의 작곡가와 GCM의 가수.

준비한 곡의 장르는 똑같이 EDM.

"잠깐, 그럼 오늘은 댄스와 함께 노래를 들을 수 있는 건가요?"

"오오오오!"

"아닙니다."

"아닙니다."

현일과 이영철이 동시에 부정했다.

좌중이 탄식을 흘렸다.

"안무는 정식 뮤비를 기대해 주세요."

"네에! 좋습니다. 그럼 앨리스 씨의 무대를 보시겠습니다!"

"My love is on fire~!"

이영철이 준비한 곡은 클럽풍의 비트가 빠른 곡이었다.

전주만 들어도 여기저기에서 오색의 레이저가 눈을 찌를 것 같은 분위기.

자칫 정신 사나울 수도 있는 곡을 하이(고주파)를 깎고 베이스와 중음을 부스팅해서 듣기 편하도록 만들었다.

거기에 현대 대중음악 시장의 기호를 정확히 짚은 멜로디.

과연 이영철의 십 년 노하우를 엿볼 수 있는 노래였다.

한 가지 특이점이 있다면 EDM 치고 기타가 많이 강조되어 있다는 것 정도.

'이영철 프로듀서가 기타를 좋아했던가?'

잘 기억이 나지 않았다.

현일이 SH 있었을 때 이영철과는 그리 접점이 없었으니까.

곧 앨리스의 노래가 끝나고 한차례 박수를 받은 뒤 패널로 돌아 왔다.

그녀는 손부채를 부치며 능글맞은 목소리로 말했다.

"아무래도 다섯 명이 부르는 노래라 힘드네요~ 아까 춤도 볼 수 있는 거냐고 하셨을 때 심장이 내려앉는 줄 알았다니까요?"

'능구렁이 같으니.'

저 멘트는 이영철이 시킨 것이 분명했다.

블랙로즈는 다섯 명, 맥시드는 네 명.

즉, 이영철의 곡이 더 어렵다는 것을 은연중에 암시하기 위함일 것이다.

한마디로 한지윤보다 앨리스가 뛰어나다는 것.

'말도 안 되는 소리.'

현일은 PD에게 잠시 마이크를 꺼달라는 사인을 보내고 한지윤에게 귓속말을 했다.

"지윤아, 너보다 뛰어난 아이돌은 절대로 없어. 알았지?"

"네……?"

그녀는 무슨 말인가 싶으면서도 괜스레 대기실에서의 일이 떠올라 다시 얼굴이 붉어졌다.

그저 열심히 해야겠다는 생각만 들었다.

그러면 칭찬을 받을 테니까.

"다음 무대입니다! 천사님. 앞으로 나와주시죠!"

요새 GCM 엔터가 한지윤을 천사 콘셉트로 밀고 있어서 저러는 모양이었다.

'아예 예명을 세라프로 할 걸 그랬나.'

실없는 생각을 하고 사이, 반주가 흘러나왔다.

"I believe in me~ I believe in you~ 내가 걸어온 이 길이……."

현일이 준비한 곡은 언제나 그래왔듯이 신시사이저가 강하게 묻은 댄스곡이었다.

고개가 절로 들썩거리는 비트.

아이돌 그룹의 노래는 대개 혼자서 부르면 어렵다.

특히나 보컬 파트를 돌아가면서 단 한 박자도 쉴 틈 없이 몰아치는 곡이라면 더욱 더.

물론 춤까지 추면 더 힘들겠지만.

'오늘은 훨씬 더 좋은데?'

그녀의 맑고 고운 목소리와 빙긋 미소 지으면서 몸을 살랑살랑 흔드는 모습이 눈과 귀를 한시도 떼지 못하게 만들었다.

노래가 끝나고 패널로 돌아온 그녀의 앞머리가 촉촉해져 있었다.

"야~ 정말 수고하셨습니다."

"댄스곡 치고는 정말 어려운 곡이네요?"

후렴구가 대부분 2옥타브 후반의 음역대로 점철되어 있는 노래였으니까.

"벌써부터 맥시드 선배님들의 무대가 보고 싶어지는 걸요?"

"아니요."

현일이 앨리스의 말에 고개를 저었다.

"이건 맥시드의 노래가 아닙니다."

"예?"

"성아영의 솔로곡이에요."

이영철의 이마가 살짝 구겨지는 것을 현일은 놓치지 않았다.

"아~ 드디어 정식 데뷔를 하는 거군요?"

"네."

"그렇지만 솔로곡이요? 되게 힘들 것 같은데요. 댄스곡이면 춤까지 춰야 할 텐데……."

"그래서 조금 오래 걸렸습니다. 하하하."

예전 호텔 아쿠아 팰리스에서 맥시드의 백댄서로 활약했던 성아영.

현일은 그녀의 데뷔를 준비하고 있었던 것이다.

조금 더 완벽하게.

조금만 더!

그러다가 성아영이 대중들의 머릿속에서 잊혀 갈 때쯤 이 자리를 이용해 홍보를 해준 것이다.

이제는 GCM 뮤직이라는 훌륭한 마케팅 수단까지 있으니까.

"저도 대체 언제 데뷔하나 내심 궁금했거든요."

"기대해 주세요."

"그럼 성아영 씨는 그 힘든 노래를 부르면서 춤도 추고… 그걸 혼자서 다 한단 거예요?"

"그렇죠."

"와우!"

그렇게 한동안 성아영에 대한 질문은 계속되었다.

스튜디오에 있는 기자들은 그 즉시 열심히 성아영에 대한 기사를 타이핑했다.

시키지 않아도 잘하는 언론 플레이.

유지열이 말했다.

"그럼 이제 각 노래에 대한 평가를 들어볼까요?"

*   *   *

45 : 55.

10표 차이로 현일의 승리였다.

"와……."

이 PD는 감탄사를 흘렸다.

솔직히 저 GCM이라는 작곡가의 경력은 강호성과 이영철에 비하면 한낱 애송이로 보였기 때문이었다.

그런데 어떻게 내는 곡마다 히트를 치고, 심지어 강호성과 이영철을 이길 수 있는 것일까.

"그래도 뭐, 아직 시청자 투표가 남았죠?"

"네, 그렇습니다. 아직 최종 결과는 아무도 모르는 겁니다."

"이왕 이렇게 된 거."

그때였다.

'이런 상황이 오지 않기를 바랐는데.'

이영철이 자리에서 일어나며 말했다.

"저 GCM 작곡가님과 즉흥 연주를 겨루어보고 싶은데요."

"예?"

"……?"

좌중의 눈이 휘둥그레지며 모두 이영철을 쳐다보았다.

앨리스마저도.

각본에도 없는 즉석 애드리브였으니까.

이미 승부는 진 거, 작곡가로서의 실력이라도 증명해서 자존심이라도 챙겨보겠다는 심산이었다.

물론 그가 그렇게 자신만만해하는 이유가 있었다.

'저자의 주특기는 신시사이저를 이용한 트랜스 음악이다.'

그리고 이곳에는 신시사이저가 없었다.

반면에 이영철은 기타를 가져왔고.

일전의 강호성과 겨뤘던 발라드?

물론 발라드는 기타나 피아노 하나만 있어도 만들 수 있기는 하다.

하지만 발라드는 보컬이 없으면 특유의 감성을 대중에게 어필하기 매우 어렵다,

오히려 악기가 많지 않기에 해당 보컬의 매력을 극대화시켜 주는 장르니까.

"어떻습니까?"

그가 현일에게 물으며 불현듯 스탭들이 있는 쪽을 보았다.

이 PD는 고개를 끄덕였고, 기자들의 노트북엔 불이 났다.

'뭐, 좋아.'

현일이 자리에서 일어났다.

"그럽시다. 마침 분량 안 나오면 어쩌나 걱정스러웠거든요. 하하하."

어차피 친선 경기 아닌가.

승부는 이겼으니 지금이야 이기면 좋고, 져도 그만이었다.

'작곡가님, 힘내요……!'

문득 한지윤을 보니 그녀의 사슴 같은 눈망울이 그렇게 말하는 것 같았다.

왜인지 꼭 이겨야 할 것만 같은 기분이 들었다.

이영철은 블랙로즈의 매니저가 가져온 일렉 기타를 받아들며 말했다.

"그럼 저 먼저 하겠습니다."

자신이 실컷 연주하고 있을 동안 열심히 구상이라도 하라는 최소한의 배려였다.

현일은 내심 신시사이저가 없는 것이 아쉬웠다.

'그 무거운 걸 들고 다닐 수도 없고… 역시 기타를 쓸 수밖에 없나.'

현일은 이영철의 연주를 유심히 들어보았다.

그리고 속으로 평을 내렸다.

'저게 여기서 즉흥적으로 만든 곡이면 내 손에 장을 지진다.'

단순히 코드가 반복될 뿐인 연주였지만, 그렇게 들리지 않는 건 이영철의 십 년 노하우이리라.

그렇기에 미리 만들어온 곡이 분명했다.

그러거나 말거나, 이영철의 연주는 박수를 받았다.

"와아아아~!"

"대단한 연주였는데요? 바로 앨범 내서도 되겠어요."

"감사합니다. 하하하하!"

이영철이 자리로 돌아오면서 현일을 보았다.

그의 눈빛이 이렇게 말하는 듯했다.

'어떻게 할 거냐'고.

'어떡하긴.'

내놔야지.

"잠시 기타 좀 빌릴게요."

'......!'

이영철은 뒤통수를 얻어맞은 기분이었다.

*   *   *

'흠, 왼손으로 칠 수 있을까?'

이영철의 기타는 오른손잡이용이었기 때문에 왼손으로 치려면 기타 운지법을 아예 바꿔야 했다.

'한번 해보자.'

좌중이 기대감에 찬 눈으로 현일을 보았다.

특히 한 사람이.

징― 지징― 징♫~

'......'

이영철은 현일이 왼손으로 기타를 잡을 때까지만 해도 솔직히 긴장했다.

순간 세계적인 기타리스트로 유명한 '누군가'의 모습이 떠올랐으니까.

그런데.

'뭐지 저건······?'

원래 즉흥 연주는 잘 못하는 타입인가?

뭔가 소리는 만들고 있는데 잘 와닿지는 않는다.

아니, 애초에 어떤 장르인지도 모르겠다.

그게 이영철의 평이었다.

약 1분이 지나고 현일은 연주하던 손을 멈추었다.

짝짝짝짝.

"네, 네에~ GCM 작곡가님의 즉흥 기타 연주. 좋게 잘 들었습니다!"

한지윤의 박수를 시작으로 사람들은 따라서 박수를 쳤지만, 어딘가 어색한 웃음소리가 스튜디오에 퍼졌다.

'방송분으론 못 쓰겠군.'

이 PD는 그렇게 생각했지만, 어차피 예정에도 없었던 상황이었고 이미 충분히 분량은 뽑았으니 상관없었다.

다만.

'어차피 이런 부분은 편집해서 인터넷에 올릴 거니까 보고 싶은 사람들은 찾아서 보겠지.'

*   *   *

현일이 스튜디오를 나가려고 할 때, 찡그린 인상의 이영철이 앞을 막았다.

"뭐죠?"

"왜 그러셨습니까?"

"무엇을요?"

"왜 그런 기타를 치셨냐고요. 이미 승부는 이겼으니 그거라도 먹고 떨어져라 이겁니까?"

아직 시청자 투표는 남아 있어도, 둘의 내기는 끝이었다.

"무슨 얘긴지는 알겠지만 전 최선을 다했습니다. 저라고 언제나 히트작만 만들 수는 없어요."

"이걸로 끝이라고 생각하지 마십쇼."

"아니, 끝입니다."

"……?"

"또 만날 일이 있다면 차라리 이 사장님이 직접 오셨으면 좋겠네요. 그럼 이만."

현일은 주저 없이 발걸음을 옮겨 그의 옆을 지나쳤다.

밖으로 나가니 문 앞에서 기다리고 있는 한지윤이 보였다.

현일은 그녀에게 다가갔다.

"왜 기다리고 있어? 먼저 가지."

"정말 듣기 좋은 연주였어요. 진심으로요… 그걸 말씀드리고 싶어서……."

"그래, 고마워. 너 하나만 알아주면 충분해."

"네. 고마워요……."

고맙다고 해야 할 사람은 현일인데 왜 정작 그녀가 감사를 표하는 것일까.

"다음 스케줄 있어?"

"네, 생방송 뮤직 톡톡이랑……."

그녀가 오늘 스케줄을 줄줄 읊었다.

아무리 아이돌이 힘들다곤 하지만, 현일은 과연 자신이었다면 저 스케줄을 버틸 수 있을지 의문스러웠다.

"힘들면 언제든지 말해. 빼줄 테니까."

"힘들지 않아요. 받은 만큼 열심히 할 거예요."

"난 더 잘해주지 못한 것 같아서 미안한데."

"그렇지 않아요! 그냥……."

"그냥?"

한지윤이 고개를 숙여 자연스레 머리를 들이대는 모양새가 되었다.

그에 따라 단발에 옆머리만 길게 기른 그녀의 비단결 같은 머리카락이 찰랑거렸다.

현일은 그 한쪽 옆머리를 그녀의 귀 뒤로 스윽 넘겨주었다.

'…….'

그녀는 어딘가 살짝 아쉬워하는 눈치였지만, 곧 방긋 웃으며 고개를 들었다.

그냥… 이런 것도 좋았다.

조금 더 가까워진 것 같아서.

정말로 좋았다.

＊　　　＊　　　＊

GCM 엔터테인먼트.

"엇! 정말이요?!"

"그래."

성아영은 현일에게 이제 데뷔할 때가 되었다는 말을 들었다.

"안무는 잘돼가고 있어?"

"네! 수영 선배가 너무 잘 가르쳐 주서서 어렵지 않게 배울 수 있었어요."

"보여줘 봐."

"넵."

원래 안무 트레이너를 따로 고용할까도 생각했지만, 시험 삼아 김수영에게 성아영의 안무를 구상해 보라고 지시했었다.

그랬더니 성아영은 기대 이상으로 수준급의 멋있는 안무를 선보였다.

'김수영에게도 보상을 해줘야겠는데.'

시간이 나면 김수영의 얼굴도 한 번 봐야겠다는 생각이 들었다.

안무를 작정하고 만든 것인지, 격렬하다는 것이 좀 불안해 보이긴 했지만.

'그래도 그 성아영이라면 이 정도는 되어야지.'

스테이지의 여신.

백댄서만 두고 혼자서 그 힘든 노래와 춤들을 모두 소화하던 사람이 누구였나.

그녀가 바로 눈앞에 있지 않은가.

'이 정도는 돼야 화제가······.'

한데, 정작 화제는 다른 곳에서 일어났다

현일의 폰이 전화가 왔음을 알렸다.

안시혁이었다.

전화를 받자마자 그가 흥분된 어조로 소리를 질렀다.

─현일아! 왔어! 왔다고!

"누가요?"

─일본에서 엠씨 서클을 수입하고 싶대!

"그래요? 어디서요?"

─도쿄 뮤직!

'오호라.'

"아영아, 잠시만 기다리고 있어. 금방 갔다 올게."

"네."

현일은 전화를 끊고, 안시혁이 있는 곳으로 갔다.

도쿄 뮤직이라면 오리콘 차트에도 한몫을 담당하고 있는 대형 플랫폼이었다.

게다가 K—Pop 시장과 일본 음악 시장의 규모 차이는 어마

어마하다.

그만큼 플랫폼의 크기 자체도 빅 스케일.

우리나라의 네버 뮤직, 수박 등등 어느 곳도 대기업이라고 하기엔 좀 애매한 감이 있지만, 도쿄 뮤직은 명실상부 알아주는 대기업이 운영하는 플랫폼.

하지만.

"도쿄 뮤직이 뭐라던가요?"

"화이트 사운드를 자기네들 사이트에 독점으로 공급해 주면, 도쿄 뮤직에 있는 음원들이 GCM 뮤직에도 대부분 올라갈 수 있도록 도움을 아끼지 않겠다는데?"

"그렇군요."

현일이 고개를 끄덕였다.

안시혁이 벌떡 일어나 자신 있게 말했다.

"내가 당장 계약서 들고 일본으로 날아간다."

"형, 미쳤어요?"

"응……? 뭐가?"

"무슨 일본에 그걸 줘요? GCM 뮤직이 일본에 진출해야지."

Chapter 7

도쿄 돔

안시혁이 턱을 문질렀다.

"쉽지 않을 텐데. 도쿄 뮤직뿐만 아니라 일본의 주력 플랫
폼을 뛰어넘을 만한 아이템이 있어야 돼."

"그 아이템이 화이트 사운드죠. 지금 화이트 사운드가 수험
생들 외에 직장인들도 많이 쓰고 있는 건 아시죠?"

안시혁이 고개를 끄덕였다.

"업무 효율이 느니까."

사실이었다.

화이트 사운드가 실제로 눈에 보이는 효과가 있다는 게 소
문이 난 뒤로, 각종 기업에서 사원들에게 화이트 사운드를 이

용하도록 권장하고 있었다.

"올해 수능은 치열하겠네요. 하하하."

농담 삼아 한 말이었지만, 정말 수능 결과가 체감될 정도로 달라지는지 문득 궁금해진 현일이었다.

안시혁도 마찬가지인 모양이었다.

"그러게? 그러고 보니 이제 수능이 얼마 안 남았지?"

"그러네요. 세월 참 빨라."

"하여튼 도쿄 뮤직의 요구 조건을 알았으니, 이제 생각하던 걸 실천할 수 있을 것 같네요."

"어떤 거?"

"도쿄 돔 공연 기획이랑, 화이트 사운드의 엔터프라이즈 에디션 판매."

현일은 그렇게 전해둔 뒤, 성아영과의 면담을 마저 끝내고 곧바로 일본으로 향했다.

일본, 도쿄 뮤직.

일본의 야구 구단 중 하나의 홈구장이며, 구장 자체가 하나의 회사인 도쿄 돔.

"크다아……."

이지영은 도쿄 돔의 장엄한 경관을 보며 탄식을 흘렸다.

"이제 여기서 맥시드와 아영이가 공연을 하게 된다는 거죠?"

"아직 정해진 건 아니지만, 그렇게 되도록 만들어야겠지."

맥시드는 새 앨범이 나올 때마다 뮤직 스테이션 투어를 하고 있으니 어렵지는 않을 것 같았다.

'남은 건 성아영을 받아주느냐라는 건데.'

아직 자국에서조차 데뷔하지 않은 '신인 예정'인 가수.

일본에서 정식 데뷔를 하지 않고 도쿄 돔에서 공연한 사례는 있지만, 아직 생 신인이 도쿄 돔에서 공연한 전례는 없었다.

그렇게 얼마간 기다리고 있으니 중년의 사내가 다가와 손을 내밀었다.

"안녕하십니까. 도쿄 뮤직의 기획부장인 켄야 이치로입니다."

"반갑습니다……."

"'반갑습니다. GCM 작곡가입니다.'라고 하네요. GCM 엔터의 엔지니어인 이지영이에요. 지금은 통역 담당으로 왔고요."

"그렇군요. 반갑습니다. 일단 회사로 갑시다. 쿠로사와 전무께서 기다리고 계십니다."

"네."

켄야 부장은 자신이 타고 온 자동차로 둘을 안내했다.

도쿄 뮤직의 사옥은 도쿄 돔에서 그리 멀지 않은 곳에 있었다.

도쿄 뮤직은 그 자체로 대기업인 회사로, 도쿄 돔뿐만 아니라 여러 대중매체에도 손을 뻗고 있었다.

'최근엔 연예 매니지먼트 사업도 계획 중이라는 소문도 있고 말이지.'

아무튼 그 위명에 걸맞게 도쿄 뮤직의 사옥도 한국의 웬만한 연예 기획사와는 한눈에 봐도 비교될 정도로 컸다.

일본 음악 시장의 규모가 새삼 실감나는 순간이었다.

자동차 안에서 불현 듯 켄야 부장이 물어왔다.

"그런데, GCM 엔터테인먼트라는 사명(社名)은 작곡가님의 예명에서 따오신 겁니까?"

"예, 뭐… 그런 거죠."

"무슨 뜻인가요?"

현일은 움찔했다.

"그… 그랜드 컴포지션… 마스터……."

"호오… 대단한 자신감이군요."

그제야 현일은 이름을 생각 없이 지은 것에 후회했다.

예전엔 아무렇지 않았는데, 본인 입으로 말하려니 왜 이렇게 낯이 뜨거운 걸까.

"본명은 최현일이고요."

"최… 효닐?"

"최. 현. 일."

"아, 최현일."

그는 한 글자 한 글자 또박또박 따라했다.

"어진 한 사람(현일: 賢一)이라는 뜻인가요? 멋진 이름이군요."

"아, 네. 감사합니다."

아마도 현일의 프로필에 써진 한자 이름을 본 모양이었다.

어째서 이런 걸 물어보나 싶었지만 왜인지 싫지는 않았다.

"그럼 켄야 씨 이름의 뜻은 뭔가요?"

"켄야 가의 첫째 아들이란 뜻이지요."

"……?"

그때 통역을 해주던 이지영이 재빠르게 부연을 했다.

"일본 사람들의 이름은 별 뜻이 없는 경우도 많아요. 아예 해석 자체가 안 되는 이름도 종종 있고요."

"아."

아무튼 도쿄 뮤직에 도착하고 엘리베이터를 오르자, 밑층 과는 다르게 넓은 집무실이 있는 곳에서 문이 열렸다.

"기다리고 있었습니다. 쿠로사와 전무입니다."

그는 현일의 얼굴을 보자마자 자리에서 일어나며 반갑게 맞아주었다.

"그럼."

켄야 부장이 가볍게 목례를 하고 자리를 떴다.

"여기 앉으십쇼. 먼 길 오느라 힘드셨을 텐데 제대로 대접 해 드리지 못해서 죄송합니다."

"괜찮습니다."

"다음엔 제가 아는 레스토랑에서……."

둘은 서로에 안부에 대해 얘기하다가 곧, 직원이 차를 가져 오자 쿠로사와는 본론에 들어갔다.

"미리 제가 한국에 찾아뵈었어야 했는데, 이렇게라도 기회가 생겼으니 천만다행입니다."

현일은 그가 그저 형식적인 인사로 하는 말이겠거니 싶었지만.

그가 커피를 홀짝이고는 말을 이었다.

"화이트 사운드 건도 있지만, 제가 작곡가님에게 제안하고 싶은 건 따로 있습니다."

"네, 말씀하세요."

"아시다시피 요즘 일본의 음악 시장은 점점 축소되는 추세입니다. 당장 오 년 전만 해도 구천만 엔에 육박하던 시장이 지금은 2/3 가까이로 줄어들었죠. 인기 아티스트가 플래티넘 히트를 치던 시절이 엊그제 같은데… 이젠 삼십만 장을 팔면 일등인 시대가 와버렸네요."

"쿠로사와 전무님은 그렇게 된 이유가 무엇이라고 생각하십니까?"

"오프라인 음반 시장의 쇠퇴 때문이라고 봅니다."

그는 헛기침을 하고는 차분히 말을 이었다.

"불과 몇 년 전까지만 해도 일본의 단말기는 다운로드받은 음원을 다른 단말기에서는 재생이 불가능했었습니다. 그 때문에 사람들은 차라리 실물 음반을 소비하기를 선호했었죠. 하지만 요즘 스마트폰 등, 전자 기기의 발달로 인해 대중은 디지털 음원으로 눈을 돌리기 시작했습니다. 비단 불법 복제의 영향 때문만은 아니죠."

실물 음반은 말 그대로 '실물 재화'다.

즉, 당연하지만 팔기 위해 제작하는 데에도 돈이 든다 이 말이다.

그런데 실물 음반이 디지털 음원 판매보다 수익이 낮아서 시장이 쇠퇴한다?

말도 안 되는 소리.

"앨범은 연계되는 상품이 많으니까요."

"바로 그겁니다."

일본에는 음반 판매점이 활성화되어 있기에, 사람들은 인터넷보다 오프라인 판매점에 가는 것을 선호했다.

그리고 응당 소비자라면 오프라인 매장에서 딱 원하는 물건만 사서 나오기는 어려운 법.

좋아하는 밴드의 티셔츠나, 한정판 어쩌고 저쩌고와 같은 것들.

여러 상품들을 구매하게 마련이다.

"그리고 저는 'Make Me Famous'와 이하연 등등… 귀사 아티스트의 음반 판매 실적을 상당히 감명 깊게 보았습니다."

"그렇군요."

결국 그의 제안은 이러했다.

"GCM 엔터 측의 요구를 최대한 수용해 줄 테니 직접 우리 아티스트의 음반에 수록될 곡을 직접 작곡해 주십쇼."

"누구를요?"

쿠로사와 전무가 내건 거래는 이러했다.

화이트 사운드를 도쿄 뮤직에 독점적으로 공급해 줄 것과, 몇 개의 작곡 의뢰.

특히 GCM 뮤직의 음원은 복제가 안 되는 것이 강점이니, 온라인 판매는 제외하고 아예 화이트 사운드가 담긴 단말기를 공장에서 제조해 팔겠다는 것이다.

"그렇게만 해주시면 맥시드가 새 앨범을 낼 때마다 도쿄 돔에서 공연을 할 수 있게 해드리겠습니다. 그 성아영이라는 신인은 이번엔 뭐⋯ 한 곡뿐이니 넣어드리겠습니다만, 솔직히 원래는 안 되는 겁니다."

"감사합니다. 자세한 건 이 번호로⋯⋯."

아무튼 세세한 협상은 한준석 사장에게 맡겨두고, 현일은 자신이 맡게 될 가수와의 면담을 요청했다.

"예, 지금 바로 데려오겠습니다."

쿠로사와 전무가 직접 발로 뛸 정도면 얼마나 대단한 사람인 것일까.

내심 기대했던 현일이었다.

그리고 얼마 후.

"아나! 진짜! 아버지! 전 락이 하고 싶다니까요! 락!"

머리를 샛노랗게 물들인 20대 초반의 청년이 쿠로사와 전무의 손에 옷깃을 붙잡혀 질질 끌려오는 것이었다.

"그래도 이 녀석이!"

현일이 프로듀싱해 줘야 하는 아티스트 지망생은 바로 쿠로사와 전무의 아들이었다.

아까의 계약 조건도 아무리 쿠로사와 전무가 도쿄 뮤직 회장의 차남이라곤 해도 가능한 조건인가 싶었는데, 지금 보니 그도 나름 사활을 건 모양이었다.

"음……."

옆에서 침음을 흘리는 현일에게 쿠로사와 전무가 고개를 숙였다.

"죄송합니다. 제 못난 아들놈이지만 부디 잘 부탁드리겠습니다."

"아! 이거 놔요, 진짜! 빨리 기타 연습하러 가야……."

"또 그 소리냐! 넌 이미 'MKM'의 멤버로 확정되어 있다고 하지 않았나!"

그러자 류이치는 기겁했다.

"제, 제가 그런 광대 따위가 될 거 같아요?!"

아마 'MKM'은 아이돌 댄스 그룹인 것 같았다.

'확실히 곱상하게 생기긴 했네.'

보통 음악계 종사자라면 자기 자식만은 연예인을 시키고 싶어 하지 않을 터.

한데, 그것도 하필이면 스캔들에 취약한 아이돌이라니.

어지간히도 답이 없는 자식이지 싶었다.

'락 밴드가 하고 싶다라.'

"자, 네 녀석을 도와줄 작곡가이시다. 인사드려."

"아니, 글쎄! 저는 딴따라 같은 거 안 한다고 했잖아요!"

"이게, 그래도!"

"쿠로사와 씨, 일단 돌아가기 전에 잠시 아드님과 따로 얘기 좀 하고 싶습니다."

"물론입니다. 꼭 좀 류이치의 교육을 부탁드리겠습니다."

"네."

*　　　*　　　*

쿠로사와 류이치는 '이 사람은 뭔가'하는 표정으로 현일을 쳐다보았다.

"GCM 엔터의 작곡가야. 넌?"

그러자 류이치는 현일을 힐끗 보더니 이내 코웃음을 치며 시선을 돌렸다.

현일이 몇 차례 말을 걸어도 반응이 없자, 조금 강하게 나가기로 했다.

"부모 속만 썩이는 헛바람만 잔뜩 든 삼류 '아이돌' 지망생."

"아이돌 지망생 아니거든요?"

'이제 반은 됐다.'

그제야 현일은 벤치에 앉았다.

"그래, 락커가 되고 싶다고?"

"아버지가 당신한테 무슨 말을 했는진 모르겠는데, 저한텐 안 통해요. 저는 죽어도 락 밴드를 할 거라고요."

"뭐, 다룰 줄 아는 악기는 있고?"

"일렉 기타요. 왜요? 아니, 그보다 당신 대체 뭐에요?"

"GCM 작곡가."

"GCM? 아, 그 한국의 삼류 아이돌 기획사? 가수라면서 맥시드인지 뭔지 얼굴 팔아먹고 사는 그네들 있는 데 아닌가?"

"이게 정말 듣자듣자 하니까……!"

통역해 주던 이지영의 얼굴이 일그러졌다.

다른 건 몰라도 소속 가수를 욕하는 건 못 참았다.

특히나 맥시드는 그녀가 격하게 아끼는 아이들이었으니까.

현일이 그녀를 제지했다.

"오빠! 아무리 그래도 저 소리를 듣고만 있을 거예요?!"

"사과는 나중에라도 시키면 돼. 아니, 꼭 하게 만들 거니까 일단 가만있어."

현일은 류이치를 아래위로 훑으며 피식 웃었다.

"'MMF'를 좋아하는가 봐?"

"음? 어떻게 알았어요?"

그의 상의를 가리키며 말했다.

"그 티셔츠."

'MMF'의 3집 앨범 아트가 그려진 티셔츠였다.

"아, 이거요? 설마 한국에서 그런 밴드가 나올 거라곤 상상도 못했죠. 어디 레이블이었더라…? 하여튼 제법 괜찮긴 했죠. 누가 작곡했는지 특히 신… 가 아니고, 이건 갑자기 왜요?"

"아무것도 아냐. 다음에 보자."

현일은 묘한 위화감을 느끼며 발걸음을 돌렸다.

'왜 저 녀석이 기타를……?'

쿠로사와 류이치.

처음엔 쿠로사와 전무의 아들이라기에 '그런가보다' 했었다.

그런데 지금 생각해보니 그는 후에 일본에서 제일가는 락밴드 '레오폴드'의 멤버가 될 사람이었다.

그것도 일렉 기타가 아닌 신시사이저로 말이다.

'아무래도 뭔가 계기가 있는가보군.'

현일은 이지영을 보며 말했다.

"우선 한국으로 돌아가자."

"저 무개념 아이돌 지망생은 어쩌구요?"

"일단 생각 중이야. 맥시드랑 아영이부터 도쿄 돔 구경 좀 시켜줘야지."

자사의 가수들부터 챙겨야 하지 않겠나.

현일은 문득 예전에 일본에 왔을 때 이지영의 불평이 떠올랐다.

"오늘은 일본 관광이나 실컷 하고 갈까?"

탁!

이지영이 핑거 스냅을 했다.

"그거 좋죠!"

＊   ＊   ＊

GCM 엔터테인먼트.

현일은 성아영에게 도쿄 돔에서 데뷔하게 되었다는 소식을
알려주었다.

"네에? 제… 제가요?"

"그래."

그녀는 얼마나 놀랐는지, 활짝 벌어진 입을 가렸다.

다리가 후들거리는 게 눈에 보일 정도로 몸을 떨었다.

"아니, 어… 어떻게… 제가……? 거길?"

"네가 그만한 자격이 있으니까."

"말도 안 돼……!"

풀썩 주저앉으려던 그녀를 현일이 붙잡았다.

"뭘 그렇게 놀라?"

"아니……! 도쿄 돔이잖아요! '그 도쿄 돔'이라고요?!"

"맞아, 그 '도쿄 돔'이야."

아무래도 그녀는 현실이 믿기지 않는 듯했다.

SH에서 퇴출되고, 여러 아르바이트를 기웃거렸다.

그러다 야구 구단의 치어리더 알바를 하다가 운 좋게 현일

의 눈에 띄어 다시 언제까지 지속될 지 모를 길고 긴 연습 생활 끝에 얻은 데뷔.

그 첫 무대가 도쿄 돔이라니!

그녀는 꿈을 꾸는 것만 같았다.

"자, 이제 녹음하러 가자."

"…네에……! 흑……."

"…왜 울어?"

"아니에요… 그냥… 너무 기뻐서……."

현일은 피식 웃었다.

"안녕, 아영아."

"안녕하세요."

성아영을 이지영에게 맡겨둔 현일이 잡다한 업무를 처리하러 가던 중, 안시혁이 불러 세웠다.

"현일아, 화이트 사운드 엔터프라이즈 에디션의 반발이 꽤 큰데."

"기업에서요?"

"어. 그냥 개인이 사서 쓰게 하면 될 걸 왜 기업에선 굳이 기업용을 구매해야 하느냐… 뭐 그런 거지."

"흐음… 효과가 증명된 만큼, 기업은 사원들에게 화이트 사운드를 쓰도록 강요할 거예요. 그렇다면 당연히 회사 측에서 사원들에게 제공해 줘야지, 개인이 직접 사서 써야 합니까? 뭐 그런 식으로 응답하세요."

"확실히 맞는 말이긴 한데, 그게 씨알이나 먹힐까?"

"그럼 우리도 강하게 나가는 수밖에 없다고 해야죠. 그리고 기업용은 또 다른 용도가 있으니까 그걸로도 어필을 해보시고요."

"으음… 어딘가 먼저 손을 내밀 회사가 필요한데."

그때, 현일의 전화가 울렸다.

"네, 오랜만입니다. 윤 이사님."

―작곡가님! 도쿄 돔에서 공연을 하신다면서요?

"네, 어쩌다 보니 그렇게 됐네요. 안 그래도 요새 이런저런 방송국에서 독점 방영권을 달라고 난리도 아닙니다. 하하하."

―예?! 벌써요? 어디가요?

현일은 국내에서 내로라하는 방송국의 이름을 줄줄이 읊었다.

―야! 너네들 진짜 일 그런 식으로 할 거야?! 어?! 아무도 모르는 특종이라며!

―히익! 죄, 죄송합니다!

―내가 진짜…….

윤 이사가 부하 직원들에게 호통을 치는 소리에, 현일은 무덤덤하게 귀에서 전화기를 멀리 뗐다.

―아, 죄송합니다, 작곡가님. 아무튼 그래서 말인데, 그… 국내 방영권을 저희가 좀 이렇게… 하하하하하!

"그런데 그게 쉽지가 않네요. 그거는 저희가 도쿄 뮤직 측과 협의를 좀 해봐야 하는 부분인지라……."

―저… 작곡가님?

"아, 그보다 저희가 화이트 사운드를 엔터프라이즈 에디션으로다가 런칭할 계획인데 말입니다. 그 소식은 들으셨는지 모르겠네요. 하하하!"

―아이구, 당연히 저희가 많이 팔리게끔 기사도 팍팍! 예! 시범적으로도 사용도 해드리고! 당연히 해드려야죠!

"그럼요. 자세한 사항은 한 사장님과 협의해 주세요. 아마 첫 고객이시니 한 사장님도 싸게 해주실 겁니다."

―예! 수고하십쇼! 작곡가님! 시간 되시면 같이 술이라도 한잔합시다.

"알겠습니다."

뚝.

"……."

전화를 끊고 고개를 들자, 안시혁이 황당한 표정을 짓고 있었다.

그 뒤로는 별로 특별할 것 없는 며칠이 지나고, 다시 일본으로 떠날 시간이 왔다.

* * *

항공기의 일등석은 자리가 그리 많지 않지만, 이젠 모든 멤버들을 5성급 항공사의 일등석 왕복 티켓을 끊어줄 수 있을 정도로 순항리에 오른 GCM 엔터테인먼트.

그런데, 일등석 티켓을 쥐고 있음에도 무언가 불안한 듯 남의 티켓을 흘깃거리는 사람이 있었다.

"일본에 있는 동안은 백 실장님이 아영이도 같이 맡아주시고요."

"네."

"그리고……."

'……'

백 실장과 얘기를 하고 있는 현일의 티켓은 D1.

한지윤의 좌석은 그 바로 뒤인 앞자리인 D2.

'이래선 아예 안 보이잖아……'

D1번 좌석은 E1좌석과 붙어 있는데, 당최 그 E1 티켓을 누가 들고 있는지를 알 수가 없었다.

그걸 일일이 캐묻자니 이상하게 볼 것 같고, 또 찾는다 해도 마땅히 자리를 바꾸자고 할 이유가 떠오르지 않았다.

일등석에서 B열과 C열은 모두 비어 있는 통로였기에, A열은 D열과 한참이나 떨어져 있는 것이 불만스러웠다.

"채린아."

"네, 실장님?"

"잠깐 편의점에 갔다 오자."

"네."

한지윤은 둘을 보았다.

요즘 따라 왜인지 백 실장과 김채린이 자주 따로 이야기를 나누는 것 같았다.

'채린이가 솔로로 데뷔를 하려나?'

아무튼 그게 중요한 게 아니었다.

그러다 그녀와 성아영의 눈이 마주쳤다.

"여기요."

"웅……?"

성아영은 불현듯 한지윤에게 다가와 자신의 티켓을 내밀었다.

그녀의 손안에 있는 티켓이 어서 자신을 잡으라는 듯 하늘하늘 나팔거렸다.

"어서 받아요."

무슨 의미인지 알아차린 한지윤의 얼굴이 순식간에 붉어졌다.

"고, 고마워… 이 은혜는 절대 잊지 않을게."

"은혜랄 것까지야."

"다른 사람한테 말하면 안 돼?"

"저야말로. 히히히."

"……?"

한지윤은 성아영의 말을 이해할 수 없었다.

'왜 아영이도 자리를 바꾼 걸 비밀로 하고 싶어 하는 걸까?'

그래서 물어보았더니, 성아영은 흔쾌히 대답해 주었다.

"왜냐구요? 저도 좋아하니까요."

"뭐, 뭐라구?!"

갑작스런 그녀의 경악성에 나머지 인원이 둘을 쳐다보았다.

"응?"

"무슨 일이야?"

"아, 아무것도 아니야!"

"아무것도 아니에요."

한지윤은 애써 태연한 척하며 놀란 가슴을 진정시켰다.

'말도 안 돼……!'

그녀는 성아영에게 경계의 눈빛을 보내며 슬금 옆을 피했다.

어쨌든 지금은 E1 티켓을 확보했다는 게 중요했다.

그런데.

"뭐야!"

"음? 왜 그래? 지윤아?"

"아, 아무것도 아냐!"

"…정말 괜찮은 거 맞지?"

"응, 응, 응!"

성아영의 티켓은 A1이었다.

한지윤은 그녀에게 물었다.

"저기, 아영아?"

"네, 선배님."

"이거 A1인데……?"

"네."

당연하다는 듯이 고개를 끄덕이는 성아영.

"……."

"엇? 창가 쪽에 앉고 싶은 거 아니셨어요?"

한지윤은 덥썩 그녀의 손목을 붙잡았다.

"그게 무슨 소리야?! 창가라니?"

"보통 좋아하지 않아요? 창가 쪽……."

"아이… 정마알!"

한지윤은 답답해 발을 동동 굴렀다.

"네……?"

"아, 아까 조… 좋아한다고 한 건?!"

"창가 쪽 자리를 좋아한다는 건데요…?"

"비밀이라고 한 건?!"

"그건… 지윤 선배도 창가 쪽 자리를 좋아하시는 줄 알고 바꿔준 건데, 제가 원래 창가에 앉으면 잘 안 바꿔주거든요. 그래도 지윤 선배는 제가 각별히 존경하는 선배시니까… 그 걸 맥시드의 다른 멤버가 알게 되면 실례가 될까봐 그런 건데…요…?"

"그것뿐이지?! 정말로 그런 이유인 거지?! 응? 그렇다고 말해!"

"네? 네, 네!"

"하아……."

한숨이 나왔다.

심장이 쿵쾅거렸다.

눈물이 쏟아질 뻔했다.

'아니, 그것보다 대체 E1 티켓은 어딨는 거야…!'

*　　　　*　　　　*

비행기 안.

항공사 직원의 에스코트를 받으며 일등석으로 들어선 현일 일행.

"현재 일등석 인원은 승객 여러분이 전부이니 앉고 싶은 자리에 앉으시면 되겠습니다."

"감사합니다."

"그럼, 편안한 비행되시길 바랍니다."

현일은 마치 침대 같은 의자의 푹신함과 기내식, 간식과 각종 엔터테인먼트 시설 같은 사소한 것에 일일이 감탄하며 하하호호 재잘거리는 그녀들의 모습을 보고 흐뭇함에 미소지었다.

'그래도 아직 아이들이구나.'

저 아이들이 GCM 엔터의 기둥이라는 사실도 새삼 놀라웠다.

어쨌든 현일은 곧장 의자에 달린 받침대 위에 랩탑을 올려놓고 시퀀서를 켰다.

그러자 백 실장이 32 마스터 건반을 준비했다.

"뭐하는 거예요?"

옆자리의 김채린이 물었다.

"음, 일본에서 락 밴드 하나 키워보려고."

"아~ 그걸로 작곡을 하는 거예요?"

"그런 거지. 너희 노래의 대부분이 컴퓨터랑 건반 두 개로 만들어진 거야."

이 건반은 아니지만.

고작 32건반으론 택도 없다.

"에이~ 말도 안 돼요."

"진짠데."

"거짓말."

"자. 들어봐."

현일은 김채린에게 헤드폰을 씌워주고는 키보드의 프리셋을 조작해가면서 건반을 눌렀다.

전자 합성음.

베이스.

드럼.

둥둥의 소리가 피아노처럼 생긴 건반을 누를 때마다 헤드폰으로 들렸다.

"우와아… 신기해……! 그런데 이것만으로 다 되는 거면 기타나 드럼 같은 건 왜 필요한 거예요?"

"이건 그러니까… 주로 곡을 구상할 때만 쓰는 거고 'MMF'의 음악을 녹음할 때는 실제 악기를 쓰지. 아무리 가상 악기가 발달했어도 진짜는 못 따라가니까."

그녀가 고개를 갸웃거렸다.

"우리 노래는 거의 이런 식으로 만든 거라고 하지 않았어요?"

"그래서 에딧 해주는 팀 3D가 대단한 거지. 애초에 너희들 노래는 신시사이저가 거의 다이기도 하고. 계속 들어볼래?"

"네!"

현일은 그녀의 반응에 신이 나서 연주를 시작했다.

♬~

"어! 이거 우리 데뷔곡이네요!"

그 외에도 여러 GCM의 곡들, 그리고 그녀가 개인적으로 좋아하는 곡들을 아는 선에서 연주해 주었다.

뭘 해도 꺄르르 웃어대는 그녀.

그렇게 얼마나 지났을까, 김채린이 슬며시 헤드폰을 벗고 물었다.

"작곡가님, 저도 작곡 가르쳐 주시면 안 돼요?"

"작곡을? 갑자기 왜?"

그녀는 잠시 머뭇거렸다.

"…그냥요."

"열심히 배울 자신 있어?"

"네!"

"좋아. 절대 쉽지 않으니까 잘 따라줘야 돼."

"네에~!"

"실례합니다, 고객님. 필요한 거 있으십니까?"

"네, 코……."

"콜라랑 레몬에이드, 쿠키 주세요!"

"알겠습니다, 고객님."

그녀는 휙 현일을 돌아보았다.

"맞죠?"

"어? 응."

"히히."

그녀는 백 실장에게 감사했다.

이 순간이 너무나도 좋았다.

A1에서 느껴지는 불안한 눈빛도 신경 쓰이지 않을 정도로.

'……'

*   *   *

도쿄 국제공항.

공항에 내리자마자 도쿄 뮤직에서 온 팀이 일행을 맞아주었다.

현지 통역가가 웃으며 말했다.

"오시느라 수고 많으셨습니다. 바로 호텔로 모실까요?"

"잠시만요."

"네."

"아영아, 맥시드의 공연 마지막에 어렵게 붙… 아니다. 최고로 잘하라곤 안 하겠지만, 최선을 다해줘야 해. 알았지? 연습실에서 했던 대로만 하면 돼."

굳이 사업적인 이야기로 그녀에게 부담을 지울 필요는 없었다.

"네! 제 혼을 불태워서라도!"

"오늘 바로 공연하는 거 아니니까 절대로 무리해서 연습하지는 마. 그리고 끝나면 휴가 넉넉히 줄 테니까 맥시드랑 일본에서 재밌게 놀다오고."

"넵!"

"그럼, 백 실장님!"

"네, 작곡가님!"

김채린과 비장한 얼굴로 얘기를 나누고 있던 그녀가 현일의 부름에 쪼르르 달려왔다.

"'그거' 주세요."

"네."

그녀는 가방에서 음반 하나를 꺼냈다.

현일은 그것을 받아 챙기고 말을 이었다.

"아이들 데리고 먼저 호텔로 가 계세요. 저는 따로 가봐야 할 곳이 있어서. 통역가분께서는 저와 동행해 주시구요."

백 실장은 글로벌 시대에 맞춰 채용한 인재.

그녀는 일본어에도 능통하니 소통에 문제는 없을 것이다.

"알겠습니다."

*　　　*　　　*

지지지징―!

디스토션을 잔뜩 준 일렉 기타 소리가 건물 안을 울린다.

'이 큰 연습실을 혼자 쓴다니, 대단한 금수저시군.'

그렇게 현일이 상념에 젖어 있을 때, 옆에 있는 도쿄 뮤직의 통역가가 말했다.

"류이치 씨는 연습할 때 방해받는 걸 매우 싫어하십니다. 괜찮을까요?"

"괜찮을 겁니다. 제가 말하는 대로만 해주세요."

"네."

그는 어딘가 떨떠름한 듯 입맛을 다셨지만, 현일의 말에 초 인종을 눌렀다.

띵동.

잠시 후, 인터폰에서 류이치의 목소리가 들렸다.

―누구야?

자신의 즐거운 연습 시간이 방해받은 것이 매우 불편하다 는 티를 팍팍 내는 말투였다.

"류이치 씨, 기타 강사를……? 모셔왔습니다."

통역가는 말하면서도 정말 괜찮겠냐는 듯 현일을 보며 고개를 갸웃거렸다.

현일은 덤덤히 고개를 끄덕였다.

―뭐? 기타 강사? 난 그런 거 필요 없어.

"아주 유능한 강사십니다. 한번 만나보기라도 하시지요."

―필요 없다고! 그냥 교습비만 주고 돌려보내!

"그래도 먼 길 오셨는데 얼굴이라도 보시는 게……."

―됐다니까!

"아쉽군요. 강사님께서 선물도 가져오셨는데 드리지도 못한다니."

―존 레논이 쓰던 기타라도 가져온 거 아니면 안 받아.

"그런가요? 하기야… 'MMF'의 정규 1집 앨범 초판 사인본이 존 레논의 기타에 비견될 리가 없겠죠."

―MMF의 초판 사인… 본……?

"네, 공장에서 두 번째로 찍은."

―두, 두 번째!

"'MMF'의 무명 시절 데모곡과 멤버들의 포토 카드까지 들어 있는."

―…….

"아무튼 정 그러시다니 이만 가보겠습니다. 안녕히……."

벌컥!

문이 열리고 하나의 인영이 튀어나와 소리쳤다.

"안 돼!"

현일이 씨익 웃었다.

"뭐가 안 된다는 건데?"

류이치는 자신의 그 물음과 기타 강사의 정체에 자못 당황하며 소리쳤다.

"다, 당신은?!"

"우리 구면이지?"

현일은 그렇게 말하며 가져온 선물을 꺼내고는 손에서 살랑살랑 흔들어보였다.

도쿄 뮤직의 통역가도 둘의 반응에 짐짓 놀랐지만, 현일의 말을 차분히 전달했다.

"갖고 싶지?"

"크윽……!"

누군가에게 가르침을 받는다는 건, 훗날 최고가 될 밴드를 만들 거라 자부하는 류이치에게 자존심이 상하는 일이었다.

그러나 현일을 순순히 안으로 들여보내 준다면, 저 탐스러운 선물은 자신의 손안에 들어오게 될 것이다.

그의 고민은 그리 오래가지 않았다.

"…알았어. 들어오라고 해."

둘은 연습실 안으로 들어섰다.

류이치는 문을 닫으며 퉁명스럽게 말했다.

"미리 말해두는데, 난 기타 강사 따위 전혀 필요 없거든. 훈수라면 다 한 귀로 흘려보낼 거니까 그렇게 알아둬."

현일은 도리어 그의 말을 한 귀로 흘리면서 연습실을 둘러보았다.

연습실 내부에는 디퓨저 등의 나무 소재 룸 어쿠스틱이 벽면에 설치되어 있었고, 색깔에 맞게끔 내부 인테리어도 대부분 나무 소재로 된 물건들이 깔끔하게 배치되어 있었다.

"시설이 좋네."

"뭐가?"

아무래도 류이치는 본인의 연습실이 얼마나 음향에 신경 써서 만들어진 건지 알지도 못하는 모양이었다.

'돼지 목에 진주 목걸이라더니. 딱 그 짝이로군.'

특히 눈길을 끄는 건 중앙에 놓인 야마하 그랜드 피아노였다.

어째서 기타리스트의 연습실에 시가 2억짜리 피아노가 필요한 것일까.

"아무것도 아냐. 근데 저 피아노는 뭐야?"

"나도 몰라. 내가 갖다놓은 거 아냐."

현일은 류이치가 '레오폴드'에서 신시사이저를 맡게 된 것과 저 피아노가 모종의 관련이 있는 게 아닐까 짐작했다.

'어쩌면 신시사이저를 내버려 두고 기타를 치고 있는 것과 관련이 있을지도 모르고.'

방금 류이치가 했던 말에서 대충 짐작되는 이유는 있었다.

그러거나 말거나, 류이치는 눈을 반짝반짝 빛내며 현일에게 손을 내밀었다.

"어서 줘!"

"쿠로사와 전무님은 너한테 피아노를 가르치고 싶어 하셨던 건가?"

"…뭔 상관이야."

"가수라면 응당 악기 하나쯤은 다룰 줄 알아야 한다면서."

"……."

류이치는 슬쩍 현일을 쳐다보다 이내 고개를 돌렸다.

'정답이군.'

그리 복잡한 문제는 아니었다.

어떤 부모가 자식이 어려운 길을 걷는 것을 달가워하겠는가.

"왜 지금 기타를 치고 있는 건지 얘기해 봐. 그럼 이건 바로 줄 테니까."

그러자 류이치는 한동안 입술을 우물거리다가 결국 입을 열었다.

"난 어릴 때부터 피아노에 재능이 있었어."

그는 누가 들으면 여러 사람 염장 지를 소리를 아무렇지 않게 뱉으며 천천히 말을 이었다.

"그 사실을 알게 된 아버지는 날 피아니스트로 만들려 하셨지만, 난 피아니스트 같은 건 되고 싶지 않아. 내가 하고 싶은 건 오직 락뿐이야."

그의 스토리는 길었지만, 간단하게 압축하자면 이러했다.

계속해서 피아노를 치게 하려는 아버지에 대한 반항심으로 기타를 치게 되었다는 것이었다.

"그럼 락 밴드를 만들면 원래 뭘 담당하려고 했는데?"

"어… 음… 그, 글쎄……?"

"답이 없군."

그가 씩씩거리며 소리쳤다.

"그래서 지금 기타라도 연습하고 있는 거잖아! 아무튼! 그보다 얼른 그거 줘!"

현일은 그에게 'MMF'의 음반을 던져주었다.

류이치는 음반을 받자마자 신줏단지 모시듯 고이 책상에 올려놓고 슬슬 어루만졌다.

아무래도 포장을 뜯어야 할지 말아야 할지 고민하는 듯했다.

그러다 문득 무언가 생각난 듯 현일에게 물었다.

"그런데, 이건 어떻게 구한 거야? 신보도 아니고 1집 초판이라니… 그것도 새것을."

"내가 GCM 엔터의 작곡가니까."

애초에 공장 번호 2번 앨범은 팔기 위해 찍은 것이 아니었다.

MMF의 멤버들에게 견본으로 보여주기 위해 찍었던 것을 그냥 가지고 있었던 것뿐이고, 류이치가 MMF를 좋아한다는 것을 알고 그에게 주기 위해 가져왔을 뿐이었다.

하여튼, 류이치는 현일의 대답에 믿을 수 없다는 듯이 소리쳤다.

"말도 안 돼!"

"믿거나 말거나 인터넷에 내 이름 석 자 쳐보면 알 수 있겠지."

"…진짜잖아."

"아무튼, 미리 말해두는데 난 너에게 기타를 가르치러 온 게 아니야."

"뭐? 그럼 왜……?"

"너 혹시 신시사이저 쳐본 적 있어?"

"신시사이저?"

"그래."

"아니… 아뇨. 왜요?"

현일이 GCM 엔터의 작곡가라는 것을 알게 된 류이치의 말투가 조금 공손하게 바뀌었다.

"저번에 MMF의 신시사이저가 어쩌고 했던 것 같은데."

"그 밴드의 신시사이저 파트가 좋긴 해요. 아, 그럼 혹시 당신이?"

"작곡가님이라고 불러. 널 가르쳐 줄 사람이니까."

현일은 통역가를 쳐다보았다.

"혹시 근처에 음향 기기 매장이 있습니까?"

"네, 저희 도쿄 뮤직에서 운영하는 곳이 있습니다."

"그럼 갔다 옵시다."

　　　　*　　　　*　　　　*

호텔.

터벅터벅.

도쿄 뮤직이 임시로 대여해 준 연습실에서 안무를 맞춰보는 성아영과 맥시드의 멤버들.

아쿠아 팰리스에서 성아영이 맥시드의 백댄서로 활약했듯, 이번엔 맥시드가 성아영의 백댄서로 나서줄 차례였다. 콜라보의 인기가 대단했으니까.

"후……."

네 번에 걸친 연습.

무릎을 쥐고 한숨을 쉰 민유림이 손등으로 이마의 땀방울을 훔치며 말했다.

"처음 볼 때부터 느낀 건데, 아영이 너 데뷔곡 안무 진짜 장난 아니다. 이제 네 번 했을 뿐인데 이렇게 힘든 적은 내 생애 처음이야."

성아영은 물병에서 입을 떼고 대답했다.

"파하…! 솔직히 좀 힘들긴 해요."

"이런 춤 추면서 노래는 어떻게 부르려고?"

"어떻게든 해야죠, 뭐. 안 되면 될 때까지."

"대체 누가 짠 안무인 건지……."

"아하하하… 하하하하……."

"내가 짠 거다, 왜!"

벽에 등을 기대고 앉아 있던 김수영이 소리쳤다.

그러자 멤버들이 눈이 동그래져 그녀를 쳐다보았다.

김채린이 그녀에게 물었다.

"에엥? 어느 틈에?"

"몇 달 전에. 갑자기 작곡가님이 찾아오셔서는 나보고 아영이 안무를 짜보지 않겠냐 묻더라고."

"아아~ 그럼 당연한 거네."

"뭐가?"

"너 아영이 전담 안무 트레이너였잖아."

김채린이 쿡쿡 웃었다.

김수영은 자신의 머리를 헝클어트리며 괴로워했다.

"으아아아아! 난 그냥 최대한 멋있는 안무를 짜보려고 한 건데… 그걸 내가 추게 될 줄 알았겠냐고!"

연습실의 스피커로 흘러나오는 성아영의 데뷔곡 'I Believe'를 듣고 있던 민유림이 걱정스럽다는 듯 말했다.

"춤도 춤이지만, 노래도 엄청 어려울 것 같아 보이는데……"

김수영이 손을 내저었다.

"이건 도저히 라이브로 부르라고 만든 노래가 아니야."

"지윤아, 너는 어때? 이거 불러봤잖아."

"어렵긴 한데, 못 부를 정도는 아니었어."

"그건 그렇지. 근데 춤을 춰야 되니까 문제지."

"작곡가님은 무슨 생각으로 이렇게 만드신 거지."

김수영의 한탄에 셋은 그녀를 보며 소리쳤다.

"너 때문이잖아!"

"……."

그때 연습실의 문이 열렸다.

"얘들아, 연습은 잘 되가니?"

"백 실장님."

여느 때와 같이 양손에 주전부리를 바리바리 사들고 온 백 실장.

그녀는 벽 한편에 봉투를 놔두고 허리에 손을 짚고는 웃으며 말했다.

"다들 농땡이 피우고 있던 건 아니겠지?"

"방금 전까지 연습하고 있었는데, 너무 힘들어서……."

"후훗, 농담이야."

"작곡가님은 언제 오신대요?"

김채린이 손을 들고 물었다.

"아무래도 오늘은 늦으실 것 같다니까, 오늘은 내가 최고 명령권자란다. 두 눈 부릅뜨고 지켜볼 거야."

김수영이 김채린을 보며 피식 웃고는 두 손을 마주 잡았다.

"아아~ 작곡가님~ 채린이의 사랑을 받아주시어요~"

"야! 너 내가 그거 하지 말랬지!"

"현일 씨이~"

"이게 진짜!"

"소녀의… 읍읍!"

백 실장이 탁자를 쿵쿵 두드렸다.

"자, 자! 장난은 그쯤 하고! 맛있는 거 사왔으니까 쉬면서 간식들 먹으렴."

"네에~!"

민유림이 앓는 소리를 내며 힘없이 일어섰다.

"으으… 백 실장님. 저희들, 공연도 하고 아영이 춤까지 추는 건 조금 무리이지 않을까 싶은데요……."

"그래?"

"네."

백 실장은 의견을 구하듯, 멤버들과 눈을 한 번씩 마주쳤다.

"힘들어요. 정말로."

"…저도 나중에 앨범이 2집, 3집 쌓일 걸 생각하면 걱정돼요. 언젠가 제 콘서트가 열리게 되면 'I Believe'는 기피곡이 될 것 같아요. 정말 좋은 곡인데……."

성아영 또한 솔직한 심정을 토로했다.

"흐음… 어쩌지? 공연이 코앞인데 이제 와서 안무를 고칠 수도 없는 노릇이고……."

그녀는 턱을 짚으며 고민에 빠졌다.

맥시드가 괜히 엄살을 피울 아이들은 아니었다.

자신도 성아영의 노래를 들어봐서 쉽지 않다는 것을 알고 있고, 안무도 빡빡하다는 것을 안다.

다들 무엇이든 시키면 열심히 할 테지만, 민유림의 말대로 한 시간 동안 공연을 한 후 그 힘든 안무를 소화해 내기엔 무리가 있을 것 같았다.

"내가 작곡가님께 말씀드려 볼게."

＊　　　＊　　　＊

현일은 매장에서 88건반 신시사이저를 사왔다.

'힘들게 들고 온 보람이 있어야 할 텐데 말이지.'

처음 매장에 가서 구경할 때까지만 해도 무거우니까 같이 들어줄 수 있겠느냐는 현일의 부탁에 키보드가 무거우면 얼마나 무겁겠냐며 흔쾌히 고개를 끄덕였던 통역가.

결제를 한 후, 키보드 한쪽을 잡고 살짝 들어본 그의 표정은 갑작스레 진지해지더니, 건물을 나올 때까지 계속 어두운 표정을 유지했다.

지금은 허리를 잡고 낑낑 앓는 소리를 내고 있고.

류이치가 턱짓을 했다.

"뭐죠, 이건?"

"뭐긴 뭐야. 신시사이저지."

"……?"

현일은 자연스럽게 류이치의 맥북과 연결된 오디오 인터페이스에 신시사이저를 연결했다.

시험 삼아 건반을 두드리자 스피커에서 피아노 소리가 흘러나왔다.

연습실 중앙에 덩그러니 놓인 그랜드 피아노와 매우 흡사한 소리가.

현일은 누가 물어보지 않았음에도 신시사이저에 대해 설명을 하기 시작했다.

"커즈와일 포르테. 저기 있는 그랜드 피아노의 소리를 그대로 녹음한 음원이 내장된 모델이야."

물론 그랜드 피아노의 건반을 누를 때 해머가 현을 타격하는 그 터치감을 재현할 수는 없지만, 피아노뿐만 아니라 다른 여러 가지 소리를 구현하고 또 합성할 수 있다는 건 절대 피아노가 따라올 수 없는 강점이었다.

현일은 신시사이저를 조작하고는 연주를 시작했다.

♬～

류이치도 잘 아는… 아니, 모를 리가 없는 MMF의 히트곡이었다.

'이걸 실제 작곡가의 생라이브로 들을 수 있을 줄이야……!'

그는 겉으로 내색하진 않았지만, 속으로는 매우 감동하고 있었다.

현일은 류이치가 저토록 MMF를 좋아하는 이유가 짐작이

갔다.

'류이치의 스타일이니까.'

사실, 현일은 그가 만들게 될 밴드인 '레오폴드'의 음악을 매우 좋아했다.

레오폴드의 내한 공연에 간 적도 있을 정도로.

심지어 신시사이저 스타일 또한 류이치에게서 영향받은 것이 적잖게 있었다.

어쩌면 그것이 GCM 소속의 가수들이 일본에서 상당한 인기를 구가하는 이유일지도 몰랐다.

'MMF'의 노래 가사 대부분이 영어인 것도 그들에게서 영향을 받은 것이다.

이제는 '레오폴드'가 'MMF'의 영향을 받게 되겠지만.

잠시 후, 간단한 연주가 끝나자 류이치는 눈을 빛내며 어디선가 악보를 들고 왔다.

"이… 이것 좀 봐주세요… 작곡가님."

"음? 네가 쓴 거야?"

"네."

어디선가 작곡에 대해 배운 거라도 있는 것인지, 오선지에 기타용 음표가 여기저기 찍혀 있었다.

류이치가 말은 안 했지만, 이 악보는 지금껏 누구에게도 보여주지 않았던 그만의 곡이었다.

아직 제목은 미정이었기에 상단은 공백으로 남겨져 있었다.

"작곡은 누구한테 배웠어?"

"인터넷으로요."

독학으로 익혔다는 게 자랑스럽기라도 한 것처럼 자신 있게 말하는 류이치.

"흠……."

현일은 그 악보를 차분히 보았다.

그리고.

찌이이익!

찢어버렸다.

류이치의 눈이 주먹만 해졌다.

"무슨 짓이에요!"

"네가 그려야 할 악보는 이런 쓰레기가 아냐."

붉은색 그래프가 쭉쭉 늘어진 악보는 보는 것만으로도 불쾌했다.

"쓰레기라고요?"

"그래, 쓰레기야. 앞으로 네가 만들 것들에 비하면."

류이치는 발끈했지만, 현일의 무슨 말을 하는지 알 수 없는 대답에 어떻게 반응해야 할지 생각나지 않았다.

"'MMF'의 신시사이저가 좋다고 했었지?"

"네. 그건 왜요?"

류이치는 자신이 피아노에 재능이 있다는 것을 안다.

기타는 영 아니었고, 죽어도 피아노는 싫었다.

그러다 고민 끝에 잡은 악기가 피아노와 유사한 신시사이저였다.

현일은 류이치가 한창 인기를 구가중일 때 했던 인터뷰에서 그렇게 말했던 것을 똑똑히 기억하고 있었다.

"내가 가르쳐 주지."

"……?"

현일은 그랜드 피아노 앞에 있던 의자를 끌고 와 앉아 '레오폴드'의 히트곡 중 하나를 기억나는 대로 연주했다.

그들의 노래를 들으면서 '이렇게 했다면 어땠을까?'하고 생각했던 대로, 즉흥적으로 편곡을 해보면서.

지켜보는 류이치의 눈빛이 초롱초롱하게 물들어갔다.

연주가 끝났을 때, 그는 즉시 입을 열었다.

"그건 무슨 곡인가요?!"

"맘에 들어?"

"예! 그것도 엄청!"

"네가 언젠가 완성해야 할 곡이지. 이 곡은 네 거야. 여러 가지 의미로."

"네?"

류이치는 현일의 말을 이해하지 못했다.

"난 네 아버지에게 너의 곡을 만들어주라는 의뢰를 받고 온 거야. 물론 나도 널 아이돌 댄스 그룹의 멤버 같은 걸로 만들고 싶은 생각은 요만큼도 없어."

"그럼……."

류이치가 무언가 말하려는데, 현일의 주머니에서 들리는 벨소리에 입을 다물었다.

현일은 잠시 자리를 비우고 백 실장의 전화를 받았다.

"네."

―작곡가님, 우리 아이들이 공연하고 아영이의 춤까지 추려면 많이 힘들지 않을까요? 아시다시피 'I Believe'의 안무가 워낙 고되잖아요.

"음……."

그녀들이 불평 같은 걸 하지 않아서 생각을 못하고 있었는데, 많이 힘든 모양이다.

'쉬는 시간을 요구하기도 힘들고.'

5만 명이 넘게 보는 대형 콘서트니까.

'그거면 되겠다.'

잠시 고민하던 현일의 머릿속에 좋은 생각이 떠올랐다.

"멘트가 좋겠네요."

―아!

백 실장도 단 번에 현일의 말을 이해한 듯 했다.

"아영이의 무대가 시작되기 전에 자기소개도 하고, 앨범 홍보도 하는 겁니다. 'I Believe'는 지윤이의 버전도 같이 수록될 거니까 그 얘기도 포함하는 게 좋겠네요."

―그럼 멘트는 지윤이랑 같이하면 될까요?

"그게 더 좋겠군요."

─알겠습니다. 바로 준비하겠습니다.

"네."

현일은 류이치의 연습실로 돌아와 하려던 말을 이었다.

"아무튼, 넌 일본 최고 락 밴드의 키보디스트가 될 거다."

"……."

류이치는 미묘한 표정을 지었다.

어째서 저리도 쉽게 남의 미래를 결정지을 수 있는 걸까 싶으면서도 마음 깊은 곳에선 '일본 최고 락 밴드의 키보디스트'라는 말이 심금을 울렸기 때문이었다.

"피아노를 그렇게 잘 친다면 마땅히 그 재능을 살려야 하지 않겠어?"

류이치는 문득 어깨 줄로 자신의 몸에 걸고 있는 일렉 기타를 쳐다보았다.

"저는……."

현일은 의자에서 일어나며 머뭇거리는 류이치에게 말했다.

"방금 내가 쳤던 곡을 완성시키고 싶은 마음이 든다면, 그 기타는 내려두고 여기에 앉아."

그 뒤에 이어진 말이 류이치를 움직이게 만들었다.

"신시사이저야말로 최고의 악기다."

"저도 알아요."

"그래?"

"……."

왜 그렇게 대답했을까?

깊은 곳에 감춰져 있던 속마음이 얼떨결에 튀어나온 것일까.

류이치는 뭔가에 홀린 것처럼 의자에 앉아 건반을 두드렸다.

그러나 결과는 시원찮았다.

물론 그것도 예상한 바였다.

'하기야 피아노를 잘 친다고 신시사이저도 그러리란 법은 없지.'

무엇보다 신시사이저는 음의 합성과 편집에 초점이 맞춰진 악기.

즉, 다루는 사람의 연주 실력보단, 음악적 감각에 따라 좌우된다는 것이다.

아무래도 피아노와 달리 류이치의 신시사이저 실력은 각고의 노력 끝에 얻은 모양이었다.

"무턱대고 기타부터 치려고 하니까 잘 안 되는 거야. 베이스랑 드럼으로 박자부터 맞춰봐."

그러나 현일이 이것저것 가르쳐 주자, 류이치는 금방 익혀 나갔다.

'역시 배우는 속도가 빨라. 재능이 있다는 게 마냥 헛소리는 아닌 모양이군.'

류이치도 신시사이저에 흥미가 샘솟는지, 하나하나 알아갈 때마다 저도 모르게 미소를 그렸다.

"류이치."

"네?"

"어때? 본격적으로 배워볼 생각이 들어?"

"……"

그는 우물쭈물거렸다.

아무래도 여태껏 독학을 고수해 온 그의 자존심이 발목을 붙잡는 모양이었다.

"류이치. 인터넷이나 책으로 배운 것도 사실은 독학이 아냐."

"예?"

"책은 누군가 집필해 놓은 거고, 인터넷에 있는 것들도 결국 누군가가 불특정 다수에게 가르침을 주기 위해 올려놓은 거지. 엄밀히 따지면 그것도 타인에게 배운 것과 마찬가지야. 스스로 연구한 게 아닌 이상."

궤변이래도 좋다.

어쨌든 말이 틀리진 않잖은가.

"하지만 전 혼자서 이뤄내고 싶단 말이에요."

"배운다는 건 절대 부끄러운 게 아냐. 자존심 상할 일도 아니고."

현일은 눈앞의 신시사이저, 커즈와일 포르테를 어루만지며 차분히 말을 이었다.

"이건 정말 긴 시간 동안 나와 함께했던 모델이야. 아마 이 제품을 나만큼 잘 아는 사람은 손에 꼽을 걸. 그리고…‥ 'MMF'의 노래를 작곡한 사람에게 배우고 싶지 않아?"

*   *   *

"흐음……."

문득 천장을 보고 있는 현일의 표정을 읽은 듯 켄야 이치로가 물었다.

"왜 그러시죠?"

"이 넓은 구장에 기둥 하나 없는데 지붕이 버티고 있는 게 신기해서요. 엄청 무거워 보이는데."

그에 켄야 이치로가 옅게 웃었다.

"도쿄 돔은 에어 돔(Air Dome) 구장입니다. 내부 기압을 바깥보다 0.3퍼센트 높여 기압차로 지붕을 유지하고 있어요. 일본에서 단 하나밖에 없는 도쿄 돔만의 방식이죠."

대답하는 그의 미소엔 언뜻 자부심이 엿보였다.

'고작 0.3퍼센트면 충분한 건가?'

당장 비율로는 작아보여도 구장의 크기가 크기니 만큼 뭔가 대단한 차이가 있겠거니 했다.

"그렇군요."

자세한 뜻은 모르겠지만, 현일은 고개를 끄덕였다.

아무튼 현일이 이곳에 와 있는 이유는 다름이 아니었다.

어느덧 시간이 흘러 맥시드와 성아영이 학수고대하던 시간이 온 것이다.

도쿄 돔에서의 공연.

"드디어 때가 왔구나."

"관객 몇 명이래?"

"육만 석 전부 매진이라는데?"

"진짜로? 우와!"

"헐. 대박!"

본래 도쿄 돔의 정원은 대략 오만 오천 명.

일본 도쿄 돔에서 맥시드가 공연을 한다는 소식은 현지인들의 폭발적인 반응을 불러일으켰다.

그렇기에 조금 무리해서라도 오천 석을 늘리고 싶었던 도쿄 뮤직.

현일도 나쁠 것이 전혀 없었기에 흔쾌히 동의했다.

GCM 엔터의 가수들이 언제나 일본에서 큰 인기를 끌었고, 특히나 맥시드는 뮤직 스테이션에도 꾸준히 출연했으니 어찌 보면 당연한 일이었다.

맥시드는 지금껏 수많은 공연으로 면역이 있었지만, 성아영은 거의 기절초풍할 기세였다.

"마… 말도 안 돼……!"

아무리 마지막에 딱 한 곡 공연하는 거라곤 하지만 아무리 그래도 데뷔 무대 아닌가!

한국의 그 어떤 가수도, 아니, 이 세상 그 어떤 가수도 도쿄 돔에서 데뷔 무대를 치렀다는 얘기는 듣도 보도 못했다.

사실 말만 '도쿄 돔이다, 도쿄 돔이다' 들었지 정확한 규모는 어느 정도인지도 몰랐고, 관심도 없었다.

자신이 거기서 공연하게 될 날이 올지 안 올지도 모르는 입장이었으니까.

그런데.

"와… 이게 공연장이야?"

"엄청나네."

"뭐, 원래 야구장이니까. 당연히 이 정도 크기는 돼야지."

진짜 자신이 서게 될 무대가 맞나 싶을 정도로 눈으로 보고도 믿기지 않는 웅장한 스케일을 자랑했다.

"구장 안에까지 관중석이 들어서는구나."

평소에는 인조 잔디가 깔려있을 바닥엔 공연 스테이지가 세팅되어 있었고, 그 외에 남는 땅엔 전부 의자로 채워져 있었다.

김채린은 한순간 예전 한국의 야구장에서 시구를 하던 때가 생각났다.

그러나 야구 경기 전에 잠깐 공연을 하는 것과 야구장 전체를 공연장으로 사용한다는 건 그 의미와 마음가짐 자체가 달랐다.

백 실장이 들떠 있는 그녀들에게 말했다.

"이제 리허설을 할 거니까 준비해. 끝나고 몇 시간 뒤에는 관객들이 입장하기 시작할 테니까 마음 단단히 먹는 게 좋을 거야."

김수영이 능청스레 백 실장의 말을 받았다.

"네에, 네에. 우리의 공연 한 번으로 이후 GCM 엔터테인먼트에 소속될 후배님들의 운명이 결정되어 있다. 뭐 그런 얘기죠? 걱정 붙들어 매세요. 일본 전역이 우리들의 매력에 흠뻑 빠져서 한국까지 직접 찾아오지 않고는 못 배기게 만들어 줄 테니까요."

"그렇게까지 부담을 지울 생각은 아니었지만, 마음가짐 하나는 칭찬해 줄 만하네. 이제 공연장 구경은 슬슬 끝내도록 하고 어서 무대 점검을 해보는 게 어떻겠니? 덧붙이자면, 우리 회사 후배님들의 운명뿐만이 아니라 너희들이 일본에서 매년 아레나 투어를 할 수 있을 것인지 없을 것인지가 결정될 수도 있는 공연이란다."

"물론 그래야죠. 공연이 끝나고 찾아올 황금 같은 휴가와 용돈을 위해서라도. 단지 안 그래도 빡빡한 스케줄에 아레나 투어까지 추가된다니 그것 참 귀가 솔깃해지는 얘기만 빼면 말이죠. 하하핫."

무대로 올라가기 위해 발걸음을 옮기는 김수영에게 현일이 말했다.

"물론 할 수 있을 때의 얘기지만 아레나 투어가 끝날 때마다 충분히 쉬게 해줄 테니 걱정 마. 그래도 너한테는 마지막 아영이의 무대 때문이라도 최선을 다하란 말은 못하겠네. 체력을 충분히 비축해 두길 바라."

"고마워요, 작곡가님. 작곡가님도 채린이와의 시간이 필요하실 테니 너무 자신을 혹사시키진 말아요."

"그래, 그래."

걱정해 주는 건 고맙지만 너희들은 공연 후에 휴가라도 있지 나는 다시 쿠로사와 류이치에게 가야 한단다.

그렇게 생각한 현일이었지만, 굳이 그걸 말해줄 이유는 없었다.

그녀는 고개를 돌려 씨익 미소를 지어보이고는 종종걸음으로 잽싸게 무대 계단 위로 올라갔다.

"이 녀석이?"

현일은 그 미소에 김수영이 무슨 의미로 놀린 것인지 뒤늦게 깨달았지만, 나중에 농담 반 진담 반으로 인센티브를 인질삼아 싹싹 빌게 만들어줘야겠다고 생각하며 피식 웃었다.

아무튼 현일은 켄야 부장, 백 실장, 성아영과 함께 무대 바로 앞 VIP석에 앉아 맥시드의 리허설을 모니터링했다.

혹자는 무대 바로 앞에 있는 VIP석이 음향학적인 관점에서는 VIP석이 아니라는 의견도 있지만, 아무렴 어떤가.

본래 공연이란 건 가수를 직접 눈앞에서 보는 즐거움도 큰 부분을 차지하기 때문에 티켓이 날개 돋친 듯이 팔려나가는 것이다.

지금이야 AR을 틀어놓긴 했지만, 아무튼 맥시드는 리허설이라고 대충하는 법이 없는 아이들이었기에 그런 면에서 맥시드는 보는 즐거움을 충분히 만족시켜 주고 있었다.

얼마 후, 즐겁게 보고 있던 성아영도 무대 위로 올라가 맥시드와 합을 맞추었다.

VIP석 한 자리가 거의 3만 엔에 가까운 고가임에도, 본격적인 공연 때 풀 라이브와 그녀들의 춤, 그리고 빵빵 터지는 폭죽, 화염, 레이저 따위의 무대효과들이 티켓값이 절대 아깝지 않게끔 관객들의 눈과 귀를 만족시켜줄 것이다.

그 뒤에 그녀들은 다시 땀을 한 두 줄기씩 흘리며 무대를 내려왔다.

"많이 힘들어?"

"후… 노래는 안 불러서 확실히는 몰라도 이 정도면 괜찮을 것 같아요."

민유림이 말은 저렇게 했어도 맥시드는 나름 공연 경력이 있다.

그 경험에 빗대어 말한 것이 분명할 테니 그녀의 말은 믿어도 좋았다.

게다가 한 시간이 조금 넘는 시간동안 한 타임도 쉬지 않고 연속해서 공연을 하는 건 아니니까.

리허설이 모두 끝나고 다시 스태프들이 최종적으로 점검에 들어갔다.

아무런 이상이 없다고 결론이 났을 때쯤, 도쿄 돔 안으로 하나둘씩 사람들이 모여들기 시작했다.

"드디어 맥시드를 볼 수 있는 건가!"

"엄청 귀여운 신인 가수의 공연도 있다고!"

"내가 일본인이긴 하지만 일본의 아이돌은 한국에 비교가 안 돼. 한국은 멤버들마다 각자 개성이 살아 있다고."

"동감이야."

공연이 시작 될 시간이 다가오자 맥시드가 무대 위로 올라왔다.

그 즉시 터지는 우레와 같은 함성.

"우와아아아아아!"

민유림이 마이크를 들었다.

"안녕하세요! 맥시드의 민유림입니다! 반갑습니다!"

차례대로 멤버들의 자기소개가 끝나자 VIP석 앞줄에 있는 관중들이 동시에 한국어로 외쳤다.

"사랑해요!"

아무래도 사전에 맞춰온 모양이었다.

"아하하하! 고맙습니다! 고마워요. 저희도 여러분의 사랑에 보답하기 위해 언제나 열심히 하는 맥시드가 되겠습니다! 감사합니다!"

민유림의 자연스러운 애드리브 멘트를 끝으로, 공연의 시작을 알렸다.

"우리가 여러분들께 도쿄 돔에서 처음으로 들려드릴 노래는 저희 맥시드의 데뷔곡이자, 히트곡이면서, 지금의 우리를 있게 한 곡입니다. '좌우' 들려드릴게요."

"이야아아아아!"

공연이 시작되었다.

사실 도쿄 돔이라고 그녀들이 달라지는 건 없었다.

작은 무대라고 대충하고, 큰 무대라고 열심히 하는 법은 절대로 없다.

언제 어디서나 최선을 다했으니까.

하지만 스테이지의 온갖 무대 효과 덕분에 그 어느 때보다도 뜨거운 무대를 선보일 수 있었다.

"여러분! 모두들 즐겁게 보셨나요?"

"네에에에에!"

"저도 여러분과 이대로 헤어지기는 너무 아쉽네요. 그래서! 준비했습니다. 저희가 정말로 아끼는 후배와 함께하는 무대. 여러분도 보고 싶으시죠?"

"예에에에에!"

곧이어 무대 뒤에서 성아영이 뚜벅뚜벅 걸어나왔다.

'으으… 반응이 별로면 어떡하지?'

그런 걱정이 무색하게도 그녀는 나오자마자 열렬한 함성을 받았다.

관중석에서는 그녀에게 보내는 응원 메시지가 적힌 피켓을 들고 있는 사람들도 적지 않았다.

그녀가 활짝 웃으며 말했다.

"감사합니다! 성아영입니다. 열심히 하겠습니다! 감사합니다!"

한지윤이 멘트를 할 차례였다.

"맥시드가 아영이와 함께하는 무대를 준비했어요. 예쁘게 봐주세요."

"저의 데뷔곡이 내일자로 저의 신곡이 도쿄 뮤직과 GCM 뮤직에서 동시에 공개되니 많이많이 사랑해 주세요!"

"제가 부른 버전도 같이 공개가 돼요."

활기찬 성아영과는 달리, 조금 짤막하고 성량이 작은 한지윤의 멘트.

겉으론 성의 없어보여도 실은 쑥스러워서 그렇다는 것을 아는 팬들에게는 그저 귀엽게만 보였다.

그동안 쌓아온 이미지가 그랬으니까.

"지윤아, 지윤아!"

민유림이 슬쩍 그녀의 옆구리를 툭툭 건드렸다.

"응? 아! 응."

그러나 지금은 최대한 체력을 비축해야 하는 멘트 시간이었다.

다음 공연에 모든 걸 쏟아부어야 하니까.

"그리고 그… 어… 가, 감사합니다! …가 아니라! 여기 와주신……"

그녀는 당황해 실수를 저질렀지만, 이윽고 백 실장이 준비해준 대사를 기억해 내고 멘트를 쳤다.

다행히 소소한 공연사고는 관객들의 웃음과 함께 유야무야 넘길 수 있었다.

"노래의 제목은 'I Believe'입니다!"

그렇게 마지막 공연, 도쿄 돔의 숨은 하이라이트가 시작되었다.

[맥시드, 일본을 광란의 도가니로 밀어 넣다!]

[GCM 뮤직에서 대대적인 홍보를 펼치던 신인, 성아영 일본에서 성공적으로 데뷔!]

[일본 현지인들, 성아영이 다시 일본에 돌아올 날만을 손꼽아 기다려.]

[GCM의 도쿄 돔 공연 시간 M사 방송국 시청률 40%대로 치솟아.]

[그녀'들'의 신곡! 'I Believe', 성아영 버전과 한지윤 버전이 서로 차트 엎치락 뒤치락…….]

*   *   *

현일의 작업실.

현일은 가득 안고 있던 품 안의 각종 서류들을 탁자에 내려놓고 성아영을 불렀다.

"네, 작곡가님. 부르셨어요?"

"응. 담당 매니저는 만나 봤어?"

"네. 좋으신 분 같아서 다행이에요."

"앞으로 네 뒷바라지해 줄 사람이니까 친하게 지내도록."

"넵!"

현일은 책상 위 서류들을 가리켰다.

"읽어봐."

"이게 다 뭐예요?"

"뭐긴 뭐야. 지옥의 시작이지."

"예……?"

"농담이고, 너한테 온 온갖 CF, 방송 섭외, 광고 및 홍보 요청 의뢰들이야."

그녀의 눈이 반짝 빛났다.

"이것들이 전부 다요?"

"그래."

현일이 고개를 끄덕였다.

우스갯소리로 말하긴 했지만, 지옥의 시작이란 말이 마냥 농담은 아니었다.

이제부턴 정말 엄청난 스케줄이 성아영을 압박할 테니까.

물론 그녀는 예전부터 그래왔던 맥시드를 부러워하긴 했지만 말이다.

"와! 혹시 이거 에로마퍼시픽 화장품 광고 아녜요? 유림 선배가 했었던?"

"맞네."

"저 이거 지인~ 짜 진짜 해보고 싶었는데! 저 이걸로 할게요! 아, 혹시 이거 하면 고급 화장품 세트도 받을 수 있는 거예요?"

"뭐… 당연히 주지 않을까?"

"유림 선배는 받았대요?"

"아마도."

서류를 뒤적이던 그녀의 눈이 종이를 뚫을 기세였다.

"우와! 이건 레나크 향수 광고잖아요! 이 회사 제품 향기가 정말 좋더라니까요?"

"그리고 비싸지."

"이것도 해보고 싶네요!"

"그래, 열심히 해."

"당연하죠!"

그 외에도 그녀는 연신 눈을 빛내며 맘에 드는 의뢰가 있는지 찾아보기 시작했다.

곧 원하는 만큼 찾았는지, 골라낸 서류들을 현일에게 내밀어 보였다.

"이렇게 하고 싶어요. 가능할까요?"

기대 가득한 표정으로 살며시 미소 지으며 물어보는 그녀.

현일은 마주 웃어주면서 말했다.

"그거 네가 선택하는 게 아니라, 여기 있는 것들 네가 다 해야 되는 거야."

"네……?"

"그것도 이번 분기 안에."

"거짓말."

백문이 불여일견.

거짓말인지 진실인지는 직접 발로 뛰어보면 알 문제다.

그리고 성아영은 직접 그 '진실'을 뼈저리게 실감하는 중이었다.

찰칵! 찰칵!

카메라의 셔터음과 함께 팡팡 터지는 플래쉬 라이트.

"오케이! 컷!"

감독의 사인과 함께 화장품 홍보용 콘셉트 샷의 촬영이 끝났다.

그 즉시 밝고 화사했던 그녀의 미소가 사라지고, 어둡고 칙칙한 기운이 얼굴에 물들었다.

현일은 그런 그녀의 어깨를 토닥여주었다.

"많이 힘들지?"

GCM 엔터에서 새로 데뷔하는 가수가 있으면, 시간이 허락하는 한도 내에서 첫 주 몇 날 스케줄을 곧 잘 따라다니곤 하는 현일이었기에, 오늘은 성아영과 함께 온 것이었다.

"이, 이건 말도 안 돼요……."

"조금만 참아. 신인은 반짝 떴을 때 계속 치고 올라가지 않으면 어느 순간 묻히니까."

"…진짜로요? 그렇게 치열한 거예요?"

"장난 아니지. 너 지금 당장 떠오르는 연예인 이름 백 명 읊어볼 수 있어?"

"어……."

그녀가 맥시드부터 타 기획사 가수들의 이름을 읊었다.

한 30명쯤 말하고 나니 이내 머릿속이 새하얗게 비워졌다.

"냉정하게 따져보자. 방금 네가 말한 사람들이 대중들의 머릿속에 남아 있는 연예인들이라고 보면 돼. 그렇다고 나머지가 다 묻힌 거라는 말이 아니라, 그 삼십 명은 정말 피나는 노력 끝에 대중들의 뇌리에 각인된 거야."

"그렇군요……!"

칙칙했던 그녀의 눈빛이 다시 되살아나기 시작했다.

"너한테 꼭 강요하고 싶진 않지만, 난 이왕이면 널 그렇게 만들고 싶어. 따라와 줄 수 있겠니?"

"맥시드 선배님들도 다 이만큼 하고 있는 거죠?"

"맥시드도, 이하연도, MMF도 서정현 씨도, 팀 3D 그리고 매니저들도 다."

그녀가 세차게 고개를 끄덕였다.

"그럼 저도 열심히 할 게요! 아니, 하게 해주세요!"

"그래."

굳이 이런저런 말을 하지 않아도, 통장에 꽂히는 액수를 보면 열심히 할 수밖에 없을 것이다.

"데뷔 이후 첫 CF 촬영이 끝났으니, 이제 맛있는 거 먹으러 갈까?"

"네!"

그 뒤에는 다시 혼자 일본으로 가야 할 것이다.

                    *   *   *

류이치의 연습실.

도쿄국제공항에서 대기하고 있던 현지 통역가와 함께 류이치의 연습실을 찾은 현일.

문 앞으로 다가가자 지난번처럼 기타 소리가 아닌, 신시사이저 소리가 들려왔다.

'그새 실력이 늘었나?'

듣기에도 제법 구색이 갖춰진 멜로디.

곧 그 멜로디는 하이라이트로 치닫고 있다는 것을 명백히 알려주었다.

현일은 초인종으로 향하던 손가락을 멈추었다.

가까이서 듣고 싶다는 마음이 들었지만, 어쩌면 자신의 선율이 만든 무아지경에 빠져 있을지도 모를 류이치를 가만히 놔두기로 했다.

'이제 곧!'

노래의 하이라이트라 할 수 있는 후렴구.

'······.'

어이없게도 연주는 그 직전에서 멈췄다.

현일은 아쉬운 마음에 혀를 찼다.

'아직이구나.'

이내 초인종을 누르자 류이치가 문을 열었고 현일은 연습실로 들어설 수 있었다.

'진짜 열심히 하긴 하는구나.'

강사 따윈 필요 없다던 매몰찬 목소리.

마냥 허세는 아닌 듯, 탁자엔 현일이 추천해 주었던 화성학 이론과 키보드 교본과 같은 서적들이 펼쳐져 있었다.

"안녕하세요, 작곡가님."

처음 왔을 때와는 달리 현일의 얼굴을 보자 썩 반가운 눈치였다.

어쩌면 처음으로 자신의 길을 인정하고 도와주는 사람을 만났기에 쉽게 마음을 열 수 있었던 게 아닐까.

"나도 반갑다, 류이치."

"네, 저기 그······."

"뭔데? 하고 싶은 말 있으면 다 얘기해도 괜찮아."

"그냥··· 공연 잘 봤다고요."

"그래, 본인들한테도 꼭 전해줄게."

"안 그러셔도 되는데."

현일이 피식 웃었다.

류이치에게도 공연을 보러 가지 않겠냐고 물어봤지만, 그는 가지 않았다.

그래도 TV로 본 모양이었다.

내심 호기심이 든 것인지, 아니면 자신을 가르쳐주고 있는 현일에 대한 예의 차원에서 그랬는지.

어느 쪽이든 좋았다.

"아무튼, 음악이 생각대로 잘 안 되가나 봐?"

류이치가 한숨을 쉬고는 말했다.

"네… 손가락은 생각대로 움직여 주는데, 소리는 원하는 대로 만들어지질 않아요."

"다시 연주해 봐."

"네."

다시 말하지만 백문이 불여일견이었다.

그는 의자에 앉아 처음부터 시연해 보였다.

그러나 방금 전과 같이 류이치는 하이라이트 직전에서 손을 멈추고 현일을 돌아보았다.

"막혀 버렸어요… 어떡하죠?"

"신시사이저는 피아노가 아냐."

"…네……?"

"이렇게 해보면 어떨까?"

현일은 류이치의 노트북에 켜져 있는 로직과 신시사이저를 몇 차례 조작했다.

그리고 류이치가 시연해 보인 곡의 하이라이트 직전부터, 약간 편곡해서 쳐보았다.

언뜻 겉으로만 보면 오히려 형편없어 보였다.

이리저리 손가락을 휘젓는 현란한 연주에서, 느긋하게 박자에만 맞춰서 건반을 누를 뿐이었으니까.

시시각각 변해가는 그의 표정이 참 볼만했다.

현일이 연주를 멈추고 말했다.

"훨씬 좋지?"

"네… 딱 제가 상상하던 소리예요. 신비로움이 담겨 있다고 해야 될까……."

"이렇듯 신시사이저란 건, 연주 실력을 뽐내기 위한 악기가 아니야. 기타리스트가 신나게 줄을 튕기고 있을 때, 드러머가 미친 듯이 드럼을 두드리고 있을 때, 신시사이저는 건반 고작 두어 개 누르면서도 청자에게 감동을 줄 수 있어야 돼."

"그렇군요."

"어떻게 보면 참 편하지. 멤버들이 다 땀 뻘뻘 흘리면서 노래 부르고, 연주하고 있을 때에도 신시사이저는 별로 힘을 들이지 않고 연주할 수 있으니까. 하지만 원하는 소리를 상상하고, 합성하기까지의 과정이 좀 험난해."

"그럼 신시사이저는 편곡에 대한 감각이 뛰어나야 되는 거 군요."

"그렇지. 물론 현란한 연주까지 선보일 수 있으면 금상첨화 지만."

그러나 아직은 아니었다.

아무튼 류이치는 음악적 감각에 대한 재능도 제법 뛰어났 다.

배운 것을 빠르게 이해하고 적용할 줄 알았다.

하나를 가르치면 열을 깨우치는 수준까지는 아니었지만, 원 포인트 레슨을 해주면 그 부분만은 바로바로 고쳐 나갔다.

이대로라면 '레오폴드'의 창설도 시간문제일 것 같았다.

'이제 신시사이저에 적용만 하면 남은 문제는 쿠로사와 전 무를 어떻게 설득하느냐… 인데.'

『작곡가 최현일』 7권에 계속…

GAME
BALL

게임볼 설경구 장편소설
FUSION FANTASTIC STORY

무명의 야구인이었던 남자,
우진이 펼치는 야구 감독으로서의 화려한 일대기!

『게임볼』

"이 멤버로 우승을 시키라고?"

가상 야구 게임,
게임볼을 통해 인생 역전을 꿈꾸는

한 남자의 뜨거운 행보에 주목하라!

Book Publishing CHUNGEORAM

유행이 아닌 자유추구 -
WWW. chungeoram.com